AS AFINIDADES

REINALDO MONTERO

AS AFINIDADES

Romance

Tradução:
SÉRGIO MOLINA

COMPANHIA DAS LETRAS

Título original:
Las afinidades
Novela breve

Capa:
Raul Loureiro
sobre ilustração de autoria desconhecida em
O livro da luxúria, de Pierre Lacombière,
c. décadas de 20 e 30

Preparação:
Carlos Alberto Inada

Revisão:
Ana Maria Barbosa
Ana Maria Alvares

Dados Internacionais de Catalogação na Publicação (CIP)
(Câmara Brasileira do Livro, SP, Brasil)

Montero, Reinaldo
As afinidades / Reinaldo Montero ; tradução Sérgio Molina. — São Paulo : Companhia das Letras, 1999.

Título original: Las afinidades.
ISBN 85-7164-946-4

1. Romance cubano. I. Título

99-4232 CDD-cb863.4

Índices para catálogo sistemático:
1. Romances : Século 20 : Literatura cubana cb863.4
2. Século 20 : Romances : Literatura cubana cb863.4

1999

EDITORA SCHWARCZ LTDA.
Rua Bandeira Paulista, 702, cj. 72
04532-002 — São Paulo — SP
Telefone: (0XX11) 866-0801
Fax: (0XX11) 866-0814
e-mail: editora@companhiadasletras.com.br

Ao "Quarteto da Distância",
in memoriam

Há ocasiões em que o temor e a esperança se confundem, reciprocamente se anulam e se perdem em obscura insensibilidade.

J. W. Goethe
As afinidades eletivas, II IV

ÍNDICE

Primeiro movimento

Solidões

Noturno

Último movimento do quarteto

Primeiro movimento

Chegada (segundo Néstor)

O que se chama negrume é esse céu sem estrelas que dá vontade de não ver, é a lagoa tão sombria que é melhor nem olhar. E Néstor fecha os olhos, apóia os cotovelos na borda, e a vibração do barco torna-se mais perceptível, o barulho do motor ganha mais corpo, e a escuridão não é maior do que quando ele tinha a vista cravada no alto ou nas águas.

— Cansado?

Néstor abre os olhos, constata que a lagoa continua igualmente impenetrável, embora agora reflita luzes distantes, e que a seu lado está Cristina.

— Com vontade de se jogar?

Cristina roçou em seu braço. Talvez tenha sido uma tentativa de carícia. Néstor a observa detidamente. Nada decifra nesse rosto que ele conhece à perfeição, que exibe pequenas rugas. Em Cristina até que ficam bem essas leves ondulações emoldurando as pálpebras. Um elogio que certamente não a agradaria. Uma mulher de verdade, Cristina.

Frase que não quer dizer nada, e que ela portanto adoraria. E se a disser? Néstor não abre a boca, apenas tenta sorrir.

— Arrependido?

— Não estou cansado, não vou me jogar na água, não me arrependo de nada. E você, se arrepende?

Néstor sabe que sua tentativa de sorriso não passou de uma tentativa.

— Eu, me arrepender? Nunca.

Cristina sim, sorri, esplêndida, e está dizendo mais alguma coisa. O quê?

— Perguntei que horas são.

— Estamos chegando.

Néstor tenta reforçar o que acaba de dizer apontando para as luzes cada vez mais próximas.

— Meu adorado tormento, por que você nunca responde o que eu pergunto?

O gesto de Néstor, assim como o sorriso, fica incompleto.

— São onze horas.

— Como você sabe?

Néstor não olhou o relógio, também não o olha agora, só estende o braço, põe o pulso com o relógio diante do nariz de Cristina. Que ela se convença, se quiser, ele está muito ocupado com as luzes que agora deixam ver a boca de um canal.

— Vamos para lá?

Néstor se dá conta, Cristina não se refere ao canal. No outro lado da proa estão Magda e Bruno, de pé como Cristina e ele, também apoiados na borda, mas em silêncio. E Néstor não precisa olhar, ele sabe que são os únicos passageiros.

— Você vem?

Cristina não espera a resposta, agarra o pulso que sabe do tempo, puxa com decisão. Néstor deixa-se levar. Alguns passos, e Magda e Bruno abrem espaço para eles, sem romper o silêncio.

Ele junto de Cristina. Ao lado de Cristina, Bruno. Apertada contra Bruno, Magda. E Néstor olha melhor, Bruno e Magda parecem como que hipnotizados pelas luzes quase palpáveis. Ou estarão pensando? Em quê? Em luzes que se aproximam? Certamente não. Não é algo digno de se pensar, basta ver. Ou será que contemplar intensamente uma luz permite que se deixe de pensar? Quem sabe. Ele também vai encher a cabeça de luzes para não pensar.

— Me dá um beijo?

Néstor sorri. Agora sim, sabe que conseguiu um bom sorriso. E que capacidade Cristina tem de conversar formulando perguntas. Não comentará com ela, não na presença de Bruno e Magda, não antes de beijá-la. E Néstor começa a se aproximar de Cristina, mas logo interrompe o movimento. Cristina e Bruno estão se beijando.

Néstor vê que Magda se afastou um pouco do marido, que ela também observa o beijo que promete ser longo. E, quando percebe que Néstor a observa, Magda ergue os olhos, como se algo lhe chamasse a atenção no monótono céu sem estrelas. O que pretende encontrar lá no alto? Um anjo, por exemplo, e que o anjo se aproxime, pouse e venha abraçá-la, que a encha de felicidade, A Felicidade, que a deixe exausta pelo esbanjamento de felicidade. Não? Estará Santa Magda do Céu Bruno evitando que ele a veja demasiadamente atenta ao beijo de Santa Cristina da Lagoa Preta e um arcanjo? Arcanjo é mais do que anjo, pode então ser mais terrível, e perverso, e bruno. Pode ser até mais negro que o negrume, embora muito menos que A Negra Consciência. A Negra Consciência parece, sim, conduzir Magda pelo caminho do arrependimento, ou será que Santa Magda está desejando que, neste exato instante, ele se aproxime, ele, não um anjo, não o Arcanjo Bruno? Que se aproxime somente ele, e que também beije, que a beije. Ou talvez seja mais simples, e Magda esteja cansada, ou talvez só queira se jogar na água. Pretenderá a Negra Consciência levá-la até esse ponto? Disparate dos disparates. Tudo é disparate. Ou não?

Néstor prende a respiração, olha para o alto. Que triste espetáculo, sem anjos, e muito menos arcanjos, não há sequer a mais mínima luz. Céu avarento, bem que poderia acontecer algo lá em cima para que Magda e ele o contemplassem enquanto um beijo se prolonga além da conta em um pequeno barco que um raio não parte, que até flutua sem afundar. Nada acontece nos céus, só a noite retinta. Tudo acontece sobre a terra, ou sobre as águas mais retintas ainda. E acontece um milagre porque o beijo termina. Néstor suspira.

Santa Cristina e o Arcanjo fitam a entrada do canal. Magda deixa de se interessar nas alturas, e também fixa os olhos nas luzes que já ofuscam um pouco. Néstor acaba de inspecioná-los e volta a fechar os olhos.

Poderia aliviar a tensão contando uma piada, uma de Pepito, por exemplo, isso mesmo, aquela com Pepito adulto, porque Pepito deixou de ser o menino travesso das anedotas, agora é subgerente de uma multinacional, que é agora o emprego da moda. Disparate. Isso não aliviaria nada, só revelaria que ele está tenso. Além do mais, talvez já conheçam a piada.

— Chegamos?

Néstor permanece de olhos fechados. A essa pergunta que não pede resposta, responde ele, ou que responda Bruno? O que a Negra Consciência aconselharia? A qual dos dois Cristina dirigiu sua pergunta? E Néstor percebe que a vibração do barco diminuiu, que o barulho do motor é menos audível. A única coisa inalterável é a escuridão dentro de seus olhos.

Das palavras e do desejo (segundo Bruno)

Um projeto vinga se não é esmiuçado e aborta se é muito discutido, Bruno diria que sabe disso graças ao que se conhece pelo nome de experiência, que seria melhor chamar Rotina de Vida. E mesmo que a leviandade não tenha sido intencional, mais uma vez precipitou as coisas, sem contar certas palavras fulminantes ditas no final de um almoço. As conseqüências são notáveis, o projeto se transformou em fato.

Ele é o último a entrar na cabana com pretensões de rusticidade, assentada sobre pilares, à beira do canal que liga o mar à lagoa. Cabana ideal, sem televisão, sem rádio. Talvez deste lado não chegue nem o jornal. Pousada ideal, ignorada por turistas, desprezada pelos dirigentes com férias garantidas, como Néstor, que também teria preferido uma casa na praia, não este lugar perdido em uma lagoa com nome tão promissor quanto mentiroso. Vamos para a lagoa El Tesoro, anunciou Cristina por telefone poucos dias depois do famoso almoço. O que mais ela disse? Magda vai gostar, você vai ver. Havia certa malícia na voz de Cristina, ou foi impressão dele, que tentou responder no mesmo tom. Disse algo que agora não lembra, e não importa. Deve haver milhares de mosquitos, isso sim importa.

Bruno se debruça numa janela da sala e pensa que dali deveria avistar-se uma pequena vila, uma igreja e uma estradinha, como nas paisagens ditas bucólicas. Fora há apenas o céu querendo desabar sobre a água, e um barco a remo que é uma mancha cinzenta aos pés do pequeno atracadouro da cabana. Não é preciso alugar o barco, está incluído na diária, disse o recepcionista da pousada, nem amável nem rude. Fora, além do céu vazio e do barco, Bruno entrevê uma curva do canal, outra cabana, matagais sem fim, mais nada. Essa é a paisagem. Já jantaram?, na cabana tem bebida, querem ajuda com a bagagem?, não?, então é só seguir reto, é aquela, estão vendo?, boa noite, bom descanso, disse o recepcionista, que agora some da lembrança de Bruno. O que Cristina está dizendo?

— As damas escolhem. Certo, Magda? Bom. Eu prefiro este, tem só uma cama.

Dentro, já puderam comprovar, tudo é pequeno. A sala, a cozinha, o banheiro e os dois quartos são minúsculos, e com muito verniz. Têm também cheiro de coisa guardada.

— E você, gosta de qual?

— Acho que são iguais.

— Como iguais? A diferença é visível. Quem viver verá.

— Estou falando dos quartos.

— Ai, Magda, já nem me lembrava dos quartos.

E Cristina ri, ela sozinha.

Naquele almoço, já na hora do café, no meio de uma conversa que andava em círculos, a respeito de amores, casais, brigas e convenções, ocorreu a ele dizer que, se Magda fugisse com Néstor, ele iria se consolar com Cristina. O interessante seria se você se consolasse comigo e Néstor com Magda, sem que ninguém precisasse fugir com ninguém, disse Cristina, e desatou a rir, também sozinha.

Silêncio na cabana.

Bruno lembra do silêncio enquanto tomavam o café. Mas as palavras, esses seres que podem se tornar mais carregados que um céu de chumbo e que abrigam um propósito secreto, tinham conseguido delinear o projeto. Pensando melhor, parece que as palavras têm existência própria, voltada para um fim que só se revela quando elas acertam e se cravam em quem as escuta, e também em quem as pronuncia. Ele pode jurar que nunca lhe passara pela cabeça beijar a mulher de Néstor, e no entanto a beijou quando vinham no barco. Muito menos pensara na possibilidade de ir para a cama com ela, e isso ocorrerá em breve. E mais, até esse momento, quando entraram na cabana, e Cristina e também Magda acabaram de delimitar os territórios, ele duvidava que fossem fazê-lo.

Naquele almoço, diante das xícaras de café, as palavras giraram em alvoroço, como um carrossel inocente, quando na realidade levavam adiante o projeto até transformá-lo em desejo incontornável. Deve ter sido por isso que Néstor disse, eu não me incomodaria de me consolar com Magda. Até parece um sacrifício, mas não se preocupe, querida, eu conheço a peça, já está com água na boca, disse mais ou menos Cristina. E o desejo recém-fundado foi quem o forçou a tomar a iniciativa, a dizer, então, mãos à obra, pois se não o fizermos vamos nos arrepender, portanto, vai ter que ser feito. Você está falando sério? Porque eu aqui já estou com tesão. Mas não, hoje não, ando num dos meus dias. E você, Magda? Não vai abrir a boca? Não vá jogar um balde de água fria, que a coisa aqui está animada. É, sim. Bruno se lembra que também soltou essa frase, ou alguma parecida, porque depois do impulso das palavras, o desejo se apodera delas e começa a usá-las. E também lembra que Cristina riu de novo, de novo ela sozinha.

— Temos rum e uma cafeteira. Mulher prevenida vale por quatro. Trouxe um pacote de café para não exagerar no subdesenvolvimento.

E Cristina diz mais alguma coisa para Magda, que acaba de entrar no banheiro. Através da porta, em meio ao barulho do chuveiro, Magda responde. Bruno também não consegue decifrar o quê.

— A dona do quarto com duas camas não quer mesmo nada. Pois eu quero, sim, rum. E os cavalheiros?, rum ou café?

— Rum.

— Rum. Uma gota.

E Cristina serve a mesma quantidade em três copos. Entrega um para ele, outro para Néstor.

— Não tenho conta-gotas, meu adorado tormento. Ah, e trate de se virar sozinho, pois eu tenho mais o que fazer.

Depois do almoço, após acompanhar Néstor e Cristina até a porta, ele e Magda se olharam do jeito que eles sabem, sem necessidade do carrossel de palavras. Magda limitou-se a dizer, que Cristina e Néstor façam uma reserva em algum lugar, eles podem, não quero que seja em casa, e muito menos na casa deles. Não se preocupe, essa história não vai passar disso, comentou ele com convicção. E então estava realmente convencido, não ia acontecer nada.

— Por que estão tão calados?

A voz de Cristina desfazendo a lembrança. Cristina é uma epidemia, não pestilencial. Ou também porque ela é a peste do silêncio, ou o exemplo vivo da vingança das palavras. Tanta falação deve causar, no mínimo, uma perda de energia. Ou pior, o palavrório faz com que ela caia num automatismo vicioso, num avanço incessante sobre as coisas sem nunca se aproximar de nenhuma substância, sempre aferrada à interminável superfície. Em Cristina as palavras achatam, anulam qualquer ditado íntimo. No máximo, montam cenas vazias. Quando muito, salpicam-se de idéias anãs. O mais provável é que também provoquem o mutismo do desejo. Enfim, Cristina não é a maior inimiga do silêncio, e sim a personificação do verdadeiro silêncio, quando fala. Será que ela cala a boca quando trepa? E quando chupa, continuará despejando palavras?

Magda sai do banheiro com o penhoar azul, o de felpa, o que a mão de Bruno conhece tão bem.

— Informação para o cavalheiro Bruno: a princesa não imitará Magda, ela não precisa tomar banho, e agora mesmo se recolhe a sua alcova, e ali o espera.

E Cristina desaparece do mundo, sobretudo porque Magda se aproxima de Néstor, e Bruno vê como os lábios de Magda beijam com delicadeza os lábios de Néstor, e não vê mais nada. Quando Bruno volta a si, Magda não está na sala. Entrou em um dos quartos? Quanto tempo durou esse beijo?

— Estamos empatados, um a um.

Ele soltou essa frase por obediência a outro tipo de palavra? Sim, foi escravo das palavras que mascaram o que se quer dizer. E Bruno vê que Néstor tenta responder-lhe com um sorriso, e mostra um esgar.

A espera (segundo Cristina)

Cristina, nua, deitada de costas, cobre o ventre e os seios com os lençóis. Será melhor vestir algo para que num primeiro momento Bruno não a veja tão disposta? Põe a camisola?, ou melhor uma malha? Jamais uma camisa de Néstor. Procura a malha, a camisola? Não e não. Por que Bruno demora tanto? Ainda estará na sala conversando com Néstor? Será que eles continuam falando da mesma coisa? Desde que saíram de Havana, Néstor não pára de martelar aquela discurseira de que administrar recursos não dá direitos nem privilégios, nem deve beneficiar parentes, amigos, nem aqueles a quem se devem favores, pois o cargo serve para servir, assim a batalha econômica é dirigida por princípios morais. E enquanto dirigia o carro, não, nenhuma batalha, mas esse carro a que tem direito por causa do cargo que ocupa, Néstor continuou a emitir frases do tipo, e ela não se agüentava de vontade de rir, de acabar com esse assunto tão chato e já ir armando a foda, mas se segurou. E que horror quando estavam no barco e as luzes da pousada começaram a aparecer, e Magda lá abraçada ao marido, e aí ela resolveu agarrar Bruno e meter-lhe a língua até a garganta, para que ficasse bem claro o que tinham vindo fazer, e mais claro ainda que aquilo não tinha volta, pelo menos não para ela. Pensando bem, ela é quem sabe dirigir os ajuizados princípios morais. Que porra será que esses dois tanto falam? Não interessa. Ah, parecem bem nervosos. Na certa estão comentando o rebuliço que se armou com a entrada dos espanhóis. É o reinício da Conquista, disse Bruno. É o início de um empreendimento conveniente para ambas as partes, disse Néstor. Será que virar esse assunto pelo avesso vai deixá-los mais relaxados? Que nada, só deve aumentar a tensão. Faz tempo que ela não escuta suas vozes. Estarão cochichando? Não querem que ninguém os ouça? O que estará acontecendo? Vai ver que Néstor resolveu contar a piada de Pepito tomando cerveja Hatuey com seu chefe espanhol. Não pára de repetir essa bobagem. E se ela sair do quarto, entrar na sala e resgatar Bruno? Não. Vai chamá-lo. Não. Pelo menos vai aparecer na porta. Não. E estará fazendo bem em esperar por ele assim, olhando para a entrada? Sim. Não, que Bruno primeiro veja seu cabelo. E Cristina se ajeita de bruços. Que o travesseiro fique deste lado da cabeça inclinada. Assim. Que os lençóis cubram seus ombros, assim não, não totalmente. Que o cabelo pareça espalhado ao acaso sobre o fundo branco, mas bem-arrumado. A-hã. Talvez Bruno tire os lençóis bem devagar, acaricie primeiro suas costas e depois... E se ela o esperar deitada de barriga para cima, sem os lençóis, com as pernas abertas, com a boca aberta? Cristina imagina Bruno aterrorizado, e ri, mas logo aperta os lábios. Será que deixou escapar uma gargalhada muito alta? Ela vai rir como uma puta se tiver vontade. Primeiro Bruno tem que entrar, acabar de entrar, se aproximar, fazer a sua parte, talvez falar antes de fazer. Uma vez ouviu do próprio Bruno que o sexo feminino abriga, Bruno disse abriga, um interesse próprio e interno. Além de se sair com uma frase machista, o que será que ele quis dizer? Bom, é verdade que neste instante ela tem um interesse próprio e interno. E o que há de estranho nisso?, ou de mau? Ou Bruno se referia à masturbação? E se ela sentar na única cadeira que há no quarto, levantar uma perna e deixar que sua mão procure? A mão encontraria, começaria a acariciar suave, bem suavemente, e ela com os olhos fechados, sentindo, e de repente Bruno poderia abrir a porta, e de novo se mostraria aterrorizado, ou desta vez não? Cristina ajeita melhor o rosto, o apóia numa ponta do travesseiro. E se Bruno resolvesse entrar nu? Tem vontade de vê-lo pelado, de ver seu pau. Vai pegar nele, vai lambê-lo devagar, no começo, depois mordê-lo de leve, no talo. Que Bruno não tenha o pau grande demais, nem nanico. Isso sim é um interesse próprio e interno. E se Bruno aparecer de camisinha? Vai rasgar a maldita com os dentes. O sexo tem os seus riscos, não há outro remédio senão corrê-los. E Cristina quase pronuncia a palavra AIDS. Ela não quer que Bruno use preservativo, já disse isso a Néstor. E Néstor respondeu que ele também não pensava em usar com Magda. Eles não chegaram a discutir o assunto, nem nas negociações telefônicas de última hora. Só falta Bruno e a advogada discordarem. Será de mau gosto misturar o interesse próprio e interno com camisinhas? Que Bruno entre e faça a sua parte, e já. O que ele está esperando? Não há perigo de engravidar, o DIU evita qualquer embaraço. Magda também usa, já falaram disso, parece que é distribuído de graça, uma ração para cada mulher, como o pão nosso de cada dia. E que todas trepem como loucas, sem prejuízo ao equilíbrio demográfico. E Cristina tira uma perna de baixo dos lençóis. Que Bruno veja até a coxa. Não. E Cristina volta a esconder a perna. Que vontade de rolar, de pular da cama, e girar, girar. Desejo interno de arrebatamento, desejo próprio de arrebatada, e Cristina segura o riso. Que Bruno chegue de uma vez com aquilo bem duro, do tamanho conveniente, e que arranque os lençóis, que abra suas pernas de um tranco, que agarre suas coxas com as duas mãos, forte, e que meta com tudo, que enfie até o talo. Cacete, que coisa gostosa, tão interna, tão própria. E Cristina sente o sexo úmido. Não vai comprová-lo, não se tocará. Quando Néstor sai de viagem, ela às vezes se masturba. Não é o normal? E vez por outra, quando não consegue suportar o insuportável, procura um amante de outros tempos, ou sai à caça de alguém interessante, sem complicações. Também é o normal. Para Néstor, as viagens são seu único interesse próprio e interno. Ir para o exterior, zanzar por aí uma ou duas semanas, comer, beber, talvez ir para a cama com alguém, trazer dólares. Néstor não quer outra coisa no mundo. E o mundo também não lhe dá mais. Mas não tem do que se queixar, ela e ele têm uma vida confortável, até onde é possível em um país miserável, e boas relações, não tão influentes como gostariam, mas é melhor do que nada. Isto aqui mesmo, alugar uma cabana na lagoa El Tesoro, o Departamento de Recursos Humanos achou uma excentricidade, quando Néstor podia pedir uma casa em Varadero. Houve algum comentário nesse sentido quando fizeram a reserva. Mas só vão querer um fim de semana? Por que não?, disse ela. E deu-se o caso por encerrado. Que gente mais mandona, essa do Departamento de Recursos Humanos. Fazia pelo menos dois anos que Néstor queria vir para este lugar. Um cantinho só para eles. Que romântico. E Bruno, que não entra? Será que aconteceu alguma coisa? Esse aí sim está na pior. Talvez Néstor possa mexer os pauzinhos para que as coisas melhorem para o lado dele, quem sabe até possa fazer alguma viagem. Se ele receber uma passagem de avião, será que volta? Ia ser muito engraçado escutar Bruno numa rádio de Miami dizendo, não agüento mais, por isso pedi asilo, ou não são os cubanos por acaso os únicos seres do planeta que com um "não agüento mais" recebem asilo político dos Estados Unidos? Há anos que Bruno vem dividindo trabalhos com Néstor, viagens, nunca, e nem sequer trabalhos, porque Néstor sempre esteve acima de Bruno. E Cristina, quase sem perceber, morde a fronha com força. Sente o desejo no sexo e nos dentes. Cacete, como é gostoso ficar assim, em banho-maria, sem sentir frio nem calor. Bruno não vai aparecer nunca? Não deve ter acontecido nada, ele só está demorando. E Cristina sente seus dentes se apertarem contra a fronha. O ofício do sexo e dos dentes é o mesmo. O sexo seco não é nada atraente, os dentes ressecados dão aflição. Viva a umidade. E por pouco Cristina não volta a rir. Vai prendê-lo entre as pernas, vai apertá-lo até que Bruno não consiga mais se segurar, pois com certeza vai se segurar, como fazem todos, ou quase todos. Ela vai fazer que se solte. Primeiro vai saborear seu pau até saírem as gotas que despontam pouco antes da enxurrada, depois vai deixá-lo vazio. Que vontade de transbordar! Não, o orgasmo não é um transbordamento, e sim uma queda. Cristina pensa nisso por um instante e a imagem parece-lhe exata. O sexo é descer por um poço que vai se estreitando mais e mais até não permitir o menor movimento. Quando a opressão é mais do que gostosa, insuportável apesar de deliciosa, brota uma espécie de grito, e o espaço começa a se dilatar por espasmos, a opressão desaparece, e então vem o alívio, o grande alívio. O mais incrível é que essa experiência, mil vezes repetida, exerce um fascínio incurável. Como acreditar nas mulheres dos filmes que inventam dores de cabeça para fugir do momento sensacional? Mesmo que não gozassem, sempre sairiam com um calorzinho bom, umas cosquinhas. Como diz o ditado, quem come bem e come mal, come duas vezes. Será que ela tem mais um apetite próprio e interno do que gosto, e por isso quer experiências tão variadas e numerosas? E Cristina ouve o barulho da porta se abrindo, se fechando. E se por fim os homens tiverem feito um acordo para que nada aconteça? São bem capazes, os sacanas. Será que foi Néstor quem entrou? Que seja Bruno, ou vai tacar fogo na cabana. Cristina espia com o rabo do olho sem mexer a cabeça. Não é Néstor. Só pode ser Bruno. Que bom. E Cristina vê que Bruno se aproxima com algo em volta da cintura, uma toalha. Ah, ele estava tomando banho, então faz tempo que acabou o blablablá na sala. E Cristina vê a toalha que cai sobre a cadeira, e volta a morder o travesseiro, agora com suavidade.

Tentativa de fuga (segundo Magda)

Isso não ia dar certo, Magda já sabia, e poderia ter apostado muito antes de ver Cristina beijar Bruno no barco. O pior é que ela também beijou Néstor, na sala. Foi um ato mentiroso. Por que fez isso? Para se forçar a quê? E jamais poderia dar certo com a gritaria de Cristina atravessando a parede e com esse espelho virado direto para a cama. Mas, apesar dos pesares, Néstor é um cavalheiro, concordou em apagar a luz, não se precipitou, procurou ser delicado até onde a violência do sexo permite delicadezas, e ela deixou que ele fizesse a sua parte. A essa altura, como impedi-lo? Deus, como é terrível quando os minutos se alongam, quando a gente os conta esperando alguma coisa acabar, e eles continuam correndo, sem descanso. Que horror quando essa coisa interminável tem a ver com o sexo, quando é o sexo. Ela está totalmente convencida de que o sexo não basta, ou por acaso o sexo não é sempre sexo mais sexo imaginado? Se o sexo precisa da imaginação, é porque ele sozinho não vale grande coisa. Ainda bem que o cheiro de Néstor é agradável, do contrário, o que teria acontecido? Como se não bastasse, a cama chia. Será que Cristina e Bruno ouviram os rangidos da cama através da parede? Talvez a cama mais estreita, essa outra que há no quarto, não faça tanto barulho. Mas por que pensar na outra cama agora, se por fim acabou? Faz tempo que Néstor parou de se mexer, está dormindo. E Magda começa a encolher uma perna muito devagar. Tomara que a cama escandalosa não balance, que Néstor não acorde. Também estarão dormindo do outro lado da parede? Sexo, proximidade, amor, sono. Desespero, distância, indiferença, insônia. Que absurdo vir até aqui para brincar de sabe-se lá o quê. De sexo? De que o homem é um ser gregário com tendência à promiscuidade? E, nesse caso, não seria uma antiga desgraça? Ou os quatro vieram para violar uma estranha proibição? Lícito é tudo o que é decente. E que tribunal pode julgar a decência autêntica? Em geral tem-se por decente o que é útil, equilibrado, pouco arriscado. Daí choverem as proibições dos políticos no poder, dos pais de família em exercício, dos que inutilizam, desequilibram e nada arriscam por medo de perder seu quinhão de domínio, como se cumprissem um dever acima de qualquer utilidade. E, no fundo, a existência irremediável do sexo, o sexo que há tempos vem sendo inventado e inventariado, que avança rumo à própria extinção. Ou está enganada? O sexo não deveria ser uma calamidade, já que as calamidades não têm remédio. O sexo fazendo as vezes de uma droga heróica. E, por sinal, quando estavam embarcando, Cristina sussurrou em seu ouvido que tinha esquecido em casa um fumo de primeira. Foi uma surpresa, mais uma, porque Bruno talvez soubesse, mas ela nem desconfiava que Néstor e Cristina fumavam maconha. O que sabe é que agora há pouco o sexo foi uma tortura. Achará um jeito de dizer a Néstor, não quero, não vamos fazer mais isso? Deus, é pavoroso tocar o limite, a linha que separa o tolerável do insuportável. Droga, tortura, suportar, sexo. Agora há pouco aconteceu uma subversão, a ordem foi alterada, a cabana ferveu de sexo e transgressão, e a última conseqüência foi uma festa triste, pelo menos para ela, quem sabe se também para Néstor, e não importa. Deus, que o fim de semana passe rápido. O que deveria permanecer oculto manifestou-se nela mais uma vez, aquilo que se pode chamar repulsa ao sexo. Deus, se o sexo fosse tão simples como dizer te-amo, então não haveria problema. Te-amo pode até carecer de absoluta certeza, mas não é falso, e por isso vale a pena, tanto que dá medo, e encanta, como acontece com as frases velhas, que são as sempre novas, as que mais se aproximam da exatidão. As frases precisas não existem, as vagas não contam. Um casal pode evoluir até a total felicidade só quando volta repetidas vezes ao te-amo. Ou será que também nisso ela poderia estar enganada? E Magda começa a esticar a perna, que o pé vá se aproximando do chão. Felizmente a cama não range. Já o espelho faz das suas. Que mania de duplicar os gestos! Os espelhos advertem que até um som pode ser palpável, como um trem é a evidência de um trem só de escutá-lo. Essa é uma das normas do mundo. A cama, deitar, uma norma violada. A norma, as normas, as anormalidades normalizadas, desejosas de se preservar. O certo é que a cama continua sem ranger enquanto ela e a mulher do espelho mexem a perna. Também há outras certezas, mais duas. Néstor dorme, e, atrás da parede, Cristina e Bruno não fazem barulho. Resta alguma outra certeza neste mundo? Melhor que pare de pensar, seu ânimo atrapalha o entendimento de tudo. Afinal, entendendo ou deixando de entender, o problema continua no mesmo lugar, ignorando-se a si mesmo. Os trens não param de fazer barulho por mais que ela não os escute, o espelho em frente continuará mostrando seu reflexo por mais que ela feche os olhos, o sexo continuará sendo o primeiro obstáculo do sexo por mais que o erotismo pretenda o contrário. E o pé toca o chão, Magda o sente sem tirar os olhos do espelho. O ideal seria procurar o sexo esquecendo-se do sexo, coroando assim o absurdo, ou o sexo não é um estranho gênero de disparate? Os disparates não têm por que ser repudiados, o sexo sim. E Magda ouve vozes atrás da parede. Os vizinhos recomeçaram? Magda senta-se na cama lentamente. O espelho o confirma. Agora só falta ela se levantar.

— Se você não quiser, não fazemos mais.

A voz de Néstor é pausada. Então não estava dormindo. E talvez tenha percebido, na hora ela fingiu um pouco. Que vergonha. Magda não quer nem olhar para ele, não tira os olhos da mulher sentada do outro lado do espelho.

— Aonde você vai?

— Para a sala, sentar um pouco.

— Se você quiser, pode deitar na outra cama, ou então eu.

É mesmo, no quarto há duas camas, dois colchões, duas pessoas. Um só absurdo.

— Néstor, eles já fizeram isso antes, não é?

— Era nisso que você estava pensando?

— Era.

Por que mente? Ou é a mulher do espelho que quer mentir? Por que arma essa tramóia? Deve ser por causa do barulho. Através da parede, os murmúrios se transformaram em gemidos. Os vagões correm rápidos pelos trilhos da ferrovia.

— É, eles já devem ter feito isso antes.

— Não, talvez não. Não sei por que falei isso. Esqueça. Sou uma boba. Não sei como vou olhar para Bruno quando amanhecer. Era nisso que eu estava pensando. É, era nisso.

Por que a mulher do espelho insiste em mentir, e sem necessidade? Por que não fica quieta? E Magda escuta a voz de Bruno. Mesmo sem distinguir uma única palavra, sabe qual é a intenção exata dessa voz atrás da parede. Magda parou de olhar a mulher impertinente que continua no espelho, e surpreende-se observando as pernas de Néstor. Néstor deitado de costas, e a vista teima em seguir o curso de uma das coxas, em chegar ao sexo. Deveria ser uma arte olhar um sexo em repouso até à saciedade. E Magda sente que uma de suas mãos foi acariciar um joelho de Néstor. Magda tira o pé do chão, ergue a perna, e só então percebe o silêncio. Ela deixou de escutar a algazarra dos vizinhos, ou eles se calaram? Não importa. O que importa é que agora sua mão acaricia uma coxa de Néstor, o que importa é que Néstor está beijando seus olhos com delicadeza, em silêncio.

Solidões

O sol bem alto (segundo Néstor)

Pela janela do quarto, Néstor vê Bruno, de short, descalço, sem camisa, esvaziando o barco com uma vasilha pequena demais e muita paciência. É como se estivesse há anos tirando, gole a gole, a água de uma enchente. E, ao olhar para a cama, lá está Magda, que ainda dorme, nua, sobre os lençóis amarrotados, com o cabelo desalinhado, respirando como uma santa que recebeu A Graça. Santa Magda do Céu Bruno, não, do Céu Néstor, não, do Céu e ponto, disse que não saberia como olhar para o Arcanjo Bruno quando amanhecesse. O sol já está bem alto, e ele lá fora, esperando que alguém o olhe. Será que Santa Cristina da Lagoa Preta também pensou, não sei como vou olhar para o meu marido? Que nada. Quando se virem, Cristina vai piscar um olho, ou talvez diga, foi bom para você, meu adorado tormento? Cristina é Cristina demais. Ontem à noite ela cantou, inspirada. E Bruno, então? Que vontade! Meteu na cabeça que quer passear de barco, ou está tirando a água por amor à ordem? Se o que ele quer é fazer alguma coisa, por que não pega e, sem largar a lata, não volta a foder Cristina, a Disposta? Ela fica melhor com o hábito de Santa Cristina, a Disposta. Pensando bem, o Arcanjo e a Disposta foram feitos um para o outro. Vamos fazer um negócio, você me diz do que Cristina gosta e eu digo o que funciona com Magda, para continuarmos empatados, disse o Arcanjo quando as Santas se recolheram a suas respectivas capelas. Negócio, preferências, manter o mesmo marcador. É, sim, Bruno e Cristina têm muito em comum. E enquanto ele saboreava sua bebida, ruminando uma resposta, a Negra Consciência fez entrar o fantasma das demissões que devem acontecer antes da fusão com os espanhóis. Ele não tem dúvida, é um intocável. Bruno, em compensação, tem tudo para ir para o olho da rua. Não comentou nada com ele, claro. A questão é que ainda não decidiu se vai fazer alguma coisa para ajudá-lo. Assunto menos comentável ainda. Vem aí um corte de pessoal, é lógico, foi o que ele disse. E pode ser que, ontem, a Negra Consciência tenha convocado o fantasma das demissões só para desanimar, para desanimar o Arcanjo, para que broxasse. Mas Santa Cristina, a Disposta, teria dado um jeito, teria usado as mãos, talvez enfiado o tubo do desodorante, ou os dedos arcanjos, ou feito ele chupar, ou lambido sua orelha, seu saco, seu cu, enquanto se esfregava num joelho Bruno, ou na beirada do colchão, até atingir esse orgasmo violento e breve. Não há a menor necessidade de uma revelação prévia em se tratando dessa santa que se vira sozinha, que se anima e canta até dizer chega, também sozinha. O verdadeiro e irrevelável segredo é que a Disposta deixa um sabor de entrega mentirosa, porque seu negócio não é nem sequer trepar com alguém, mas simplesmente trepar. Que diferença para Santa Magda do Céu, a tão tímida e morosa, sempre hesitando, até atingir um orgasmo laborioso, no final ardente, dilatado, que a deixa exausta, ou não foi assim no segundo encontro da noite?, porque o primeiro foi um desastre, melhor nem lembrar. E Néstor sente-se tentado a voltar para a cama, a acariciar Magda. Não, vai conversar com Bruno, ver mais de perto como ele tira água do barco, mas nunca ajudá-lo. Vai dizer-lhe isso assim mesmo. Estaria a Negra Consciência querendo agora que o Arcanjo Bruno continue em sua lide pelos séculos afora para que não se ocupe de outra coisa, qual seja, Santa Cristina? E Néstor veste um short e sai do quarto descalço e sem camisa, como Bruno.

A porta da capela de Santa Cristina continua fechada. Néstor reparou nisso quando foi ao banheiro, agora o comprova antes de entrar na sala cheia de indícios de conversa regada a rum. Entre o sofá e as duas poltronas, há copos vazios, cinzeiros cheios, ranço de palavras. Já a porta da entrada, essa está aberta. Quanta luz. Néstor sai.

— Don Bruno, ontem o senhor se deitou com o rádio no máximo, ou foi o rádio que aumentou sozinho?

— Entre os mamíferos, os machos têm o instinto de cobrir, respondem a um impulso simples, ao passo que as fêmeas, mais interessantes, são retraídas sem deixar de excitar. Como sempre, existem as exceções. Quer dizer, então, que vem aí um Lógico Corte de Pessoal. É assim que se diz?

— Não mude de assunto. Ainda não tem nada decidido.

— Já está tudo decidido.

— Continue, não pare de tirar água. Você conhece a piada de Pepito adulto tomando cerveja Hatuey?

— A culpa é minha, porque prestei o serviço militar, mas nunca senti o uniforme. O uniforme mostra que você é capaz de obedecer sem objeções, de se diluir na papa. Essa é a minha tragédia, nunca aprendi a ser soldado. Quando era recruta, brigava, corria, me esfalfava, mas sempre me sentindo um esportista ou um ladrão, nunca um soldado. Já o destino das mulheres, cantem como um rádio ou não, é serem elas mesmas, separadas umas das outras, seria um disparate usarem uniforme. Acho que quem sente o uniforme bem lá no fundo, quanto mais o tempo passa, mais monárquico fica, e então age sem levar em conta razão alguma, atende mais ao princípio de fidelidade que a qualquer outra coisa, prefere seus pares de alma uniformizada.

Se soubesse que os ecos da conversa de ontem reverberavam em Bruno, Néstor teria ficado no quarto. Poderia sentar na outra cama e olhar Magda, ou acariciá-la, ou colocar o pau mole na frente da cara dela, para que sentisse o cheiro de leite de macho procriador e de leite de fêmea que deixou de ser retraída, e passá-lo lentamente por seus lábios.

— Uma aranha.

Néstor segue o olhar de Bruno e topa com uma aranha que vai saindo calmamente da cabana rumo aos degraus que dão na trilha por onde eles chegaram ontem.

— Não a mate, ela está indo embora. A cabana ficou muito tempo fechada, você não acha?

— Talvez a cabana esteja cheia de bichos.

— Não comente com Magda que você viu uma aranha, que ela tem medo, nem fale do que você chama Lógico Corte de Pessoal, que disso quem tem medo sou eu.

— Vai continuar com essa história, Bruno?

— Eu gosto, da cabana. É sólida, mesmo fincada sobre a lama. Deve ter bons alicerces. Os fundamentos, o mais importante e o mais oculto, não só nos cortes de pessoal. Gosto da cabana, é assimétrica. A simetria cansa, e a simetria radial, que não tem a ver com o rádio no máximo, cansa mais que a bilateral. Olhe lá como a aranha logo fica exausta. A bilateral é diferente, provoca o desejo de descompletar, de se entregar. Por que o mamífero e a mamífera se unem? Para zombar da simetria bilateral. As pessoas gordas, que tendem à simetria radial, são suspeitas, pior do que as aranhas, têm muito trabalho para trepar. Como será que as aranhas trepam? Além disso, os uniformes para gordos precisam de muito mais tecido. Quero render uma homenagem à violação do universo simétrico. Vou oferecer-lhe um objeto em forma de garrancho, uma frase arrevesada, uma cusparada assimétrica, uma mijada.

E Néstor observa como Bruno bota aquilo para fora e imediatamente começa a urinar, a brincar com o jato. Esse pedaço de carne que gira como hélice fuçou em Cristina ontem à noite. E Néstor sente-se mais arrependido do que nunca, maldita a hora que deixou Magda para ir suportar a conversa mole de Bruno, acompanhada da visão do pau Bruno.

— Todo país precisa se encarnar em alguém, quer seja um piloto de fórmula um, um cantor, um político, ou um mijão sem uniforme. Agora mesmo pode passar alguém remando, ver meu líquido áureo e se convencer de que sou um eleito, ou um exibicionista. Ó dúvida. Mais cruel do que saber que um Lógico Corte de Pessoal vai enxotar você como se enxota um inseto, e não saber o que fazer, ou do que escutar uma voz no quarto ao lado e não saber dos detalhes. É preferível espiar por um buraco a ficar sabendo das coisas no dia seguinte, a imaginar sombras.

Bruno está passando dos limites, e não é só a ironia, ou melhor, a mordacidade. Se ele continuar assim vai entornar o caldo, ou conseguir que ele, seu sócio Néstor, seu único apoio nesse caso, não mexa um dedo, não faça nada para que ele seja poupado, ou pior, se empenhe em que o coloquem no olho da rua. Arcanjo mordaz aspirante a fracassado arrotador.

E Néstor sente-se aliviado quando Bruno acaba de urinar. Que bote o pau para dentro, que volte a enxugar o bote.

— Vocês não estão com fome? Já são mais de onze horas. Ou querem tomar o café antes? Vou ligar a cafeteira. Por que não vamos até o restaurante de barco? E então almoçamos direto. A outra princesa já acordou? Pela janela do quarto vi um cemitério.

Sem dúvida, acaba de entrar em cena Santa Cristina, a Disposta, e Néstor observa como ela pisca um olho para ele e dá uma gargalhada, e sem dúvida vai continuar falando por um bom tempo.

Da sombra do peixe e outra saída do desejo (segundo Bruno)

No restaurante, apenas três mesas estão ocupadas. Numa delas, Bruno reconhece um casal de recém-casados: os dois de banho tomado e muito arrumados. Em outra há seis mulheres velhas, talvez viúvas, dessas que sabem desfrutar os privilégios da terceira idade sem marido. A terceira é a mesa ocupada por eles quatro, a mais próxima da janela. Sobre cada toalha, um buquê de flores de plástico, uma espécie de lamentável ikebana. Por onde quer que Bruno corra os olhos, a limpeza extrema ressaltando o kitsch, o recinto limitado. E pela janela vêem-se a água e os matagais sem fim, como que compensando horrores, ou dilatando todos os limites até sua total extinção. Mas será conveniente que não haja limites?

— Procurando alguma coisa?

Cristina de costas para a paisagem, de frente para Bruno, fitando-o. O que responder?

— Desde ontem que estou procurando uma vila, uma igreja e uma estradinha. Mas em vão.

— Esse "desde ontem" é antes ou depois de mim?

E Cristina ri, ela sozinha.

Bruno tem certeza de que na cabana ninguém fez a menor menção ao ocorrido ontem à noite, com exceção de Néstor, que disse alguma coisa sobre o estilo "rádio no máximo" de Cristina, também com exceção de Magda, que passou nua quando ia do quarto ao banheiro e do banheiro ao quarto, sem se importar com que alguém a visse, e os três a viram, como era inevitável. Eis aí um limite ultrapassado. Nem mesmo Cristina fez comentário algum em meio aos preparativos para o almoço, que incluíram uma demora em busca da chave, uma ida de última hora ao banheiro e indecisões sobre o rumo que o barco tomaria. No barco tampouco houve insinuações. Néstor sentou no meio. Como não tinha ajudado a tirar água, ia remar, assim disse, assim fez. Cristina tratou de que Magda sentasse com ela na popa. Bruno lembra que, acomodado na proa, num primeiro momento tentou escutar o cochicho entre Cristina e Magda, mas logo se distraiu, não procurando a vila, a igreja e a estradinha, e sim observando um dos remos, que era um ramo, ou uma raiz, porque se ocultava ou penetrava na água turva, talvez indigna de uma barca e de ninfas, e o remo bordava caracóis, dava um vôo rasante até a próxima pontada, e então era mais agulha e ponte que ramo ou raiz. E o garçom, homem de uma lentidão exasperante, deposita na mesa pedaços do que foi um animal vivaz, escamado, e agora são despojos fumegantes. Bruno também lembra que, sob o impulso dos remos, as águas iam se desdobrando na proa com placidez, mas isso não o interessou tanto quanto a mão de Magda, mão apoiada no ar, quase pousada sobre as águas, sem tocá-las, e a sombra dessa mão foi, por um breve instante, um peixe de silhueta imprecisa, e entre a mão e o peixe, entre as margens de bombordo e estibordo, eles deslizando rumo ao Mundo das Névoas, ou País das Fúrias. Não, não existe esse lugar, existe apenas um restaurante grande demais para tão pouca gente, onde servem um peixe espinhento demais. As margens deveriam ser a carne, as águas então seriam o sangue, à mão de Magda caberia ser a alma da ninfa extraviada na corrente rumorosa. Nem corrente, nem rumores, só águas lisas como lajes onde uma mulher como Magda, com um repentino gosto pelo nudismo, poderia andar e desandar em pêlo. O remo de Néstor, a mão de Magda, a conversa de Cristina, e era dele a silhueta perdida do peixe que ontem fuçou em toca alheia, que ali se recolheu murmurando sílabas secretas, até adormecer. Pobre peixe de má sombra, cansado de procurar a vila, a igreja, a estrada, peixe que maldiz a troca incerta, sem limites, peixe que ignora como corrigir o rumo para que Magda não volte a zanzar sem roupa. Se fosse possível voltar ao almoço inicial, se o peixe em seu prato tivesse menos espinhas.

— Não tinha reparado nisto. Olhem.

Cristina observa um folheto que esteve todo o tempo sobre a mesa.

— Grande Espetáculo "Mi Fiesta Cubana"/ com Grandes Artistas de Fama Internacional/ próximo sábado/ no Grande Cabaré El Tesoro/ no mesmo local do restaurante La Laguna/ Não Perca.

Cristina brande a prova.

— O nome deste lugar é La Laguna? É aqui mesmo que vão montar o cabaré? E onde vão arranjar público para o show? Ah, essa eu não perco mesmo, deve ser uma coisa, quem viver verá. Topam? Ai, estamos sendo tão bem tratados, não é? Já estou sentindo saudades. Juro, meu adorado tormento. Você não sente a mesma coisa, Bruno? E você, Magda?

Bruno pressente que Magda vai dizer, eu vou embora, não agüento mais, desde ontem que só faço contar as horas, chega. Mas não, Magda sorri, até acaricia um braço de Cristina. É preferível que Magda desfile em pêlo a que saia distribuindo carícias a torto e a direito, e continue com esse sorriso estampado na cara. Bruno sente que está a ponto de romper seu limite, de gritar que tem vontade de continuar metendo a pica em qualquer buraco, que, se eles quiserem, agora mesmo pode pegar e bater uma punheta, para onde preferem que aponte o esporro?, para os recém-casados ou para as velhas de merda? E Bruno abre a boca só para deixar entrar a ponta do garfo com um naco branco e espinhento, e logo a língua inicia sua minuciosa revista, para separar carne e farpas. Isso é o que se pode chamar desejo confessável. Há outros, que correspondem à mão de Magda e ao peixe fugaz. A língua procura espinhas de peixe, enquanto o peixe, à sombra da mão da ninfa, quer mais. Uma cumpre com sua obrigação, o outro reivindica. Uma pretende terminar, o outro procura prosseguir. Uma tem necessidade, o outro deseja, deseja muito, deseja de verdade. Sim, o desejo do peixe é um desejo verdadeiro, dos que valem a pena, pois é muito mais do que mera necessidade. Pensando melhor, o que se necessita nunca deveria se confundir com o que se deseja. O desejo deveria ser como um luxo. O peixe deseja, ama seu luxo. A língua tem necessidade, abomina seu afã de constatar misérias. E o lugar originário desse luxo do peixe, onde é?, na sensação de que falta algo, por dentro?, no temor de que algo se perdeu, por fora? O que é engolir uma espinha comparado à catástrofe de ver Magda acariciando, sorrindo? Talvez exista um jeito de achar todas as espinhas e fazê-las sair da boca uma por uma. Mas não haverá meio de satisfazer o peixe e sua sombra. A língua quer descansar e não pode, talvez haja mais uma espinha, quem sabe a última. O peixe e os movimentos de sua sombra também aspiram a encontrar o repouso do desejo, embora saibam que se trata de um fim ilusório. As espinhas existem irremediavelmente, embora sejam apenas espinhas possíveis. Já o desejo, não há modo de satisfazê-lo, mesmo sendo um desejo preciso. Espinhas prováveis, desejo exato. Duplo desacerto. Chega. É ele que está a ponto de dizer chega, embora não diga nada. E os olhos de Bruno fixam-se numa lata de cerveja Hatuey. Aí está o índio queimado pelos espanhóis para que os bebedores se refresquem, para que Néstor conte uma piada de Pepito. E Bruno repara na lata, que proclama: "Primeiro o Meu". Anos atrás, teriam usado um slogan muito diferente, algo como "Primeiro o Nosso". Mas agora é "Minha Festa", "Primeiro o Meu". O Nosso é uma velha viúva, um arcaico desejo de recém-casados. As velhas viúvas e o casal de recém-casados encontram-se num estado de repouso. Logo será a vez do Tesouro e da Lagoa. Nunca se chamarão Nosso ou Nossa, e sim Meu Tesouro e Minha Lagoa. E Bruno sorri. Que ginástica de sedução, como isso alivia a inconformidade com o mundo. Bruno pára de sorrir, talvez Magda esteja indo contra a maré, e agora seja A Nossa. Já Cristina continuará sendo A Dela Mesma. Chega e chega. Afinal, gozar à margem da satisfação do desejo é o que os quatro vieram fazer aqui. É melhor que ele se ponha a conversar como se tudo, e ao mesmo tempo nada, fosse interessante. Que as mulheres falem de moda, enquanto ele e Néstor conversarão sobre carros, comentarão o desempenho nas ladeiras do último exemplo do atraso tecnológico, o carro russo chamado Aleko, por exemplo. E quando é que Néstor vai trocar de marca, pegar um Mercedes, ou pelo menos um Tico? Não, melhor falar de esporte, se as espinhas deixarem, mas nunca de política, nem da falência do país, nem de sua enorme dívida. Néstor adoraria qualquer coisa assim. Bruno hesita por um instante, ele poderia contar algo sobre os confusos limites de uns bichinhos inaudíveis e invisíveis, mas que têm cores e sabores, que além disso sofrem mutações, como acaba de acontecer com Magda. Vocês sabem o que é um quark? Não, não abrirá a boca para falar de assuntos vagos demais. Além disso, sua língua não terminou de vasculhar a maçaroca branca com espinhas prováveis.

Sesta • *Um homem dormindo* (*segundo Cristina*)

Ela nunca espera que ele se decida, nem sonhando, e Cristina se espanta, que besteira acaba de pensar?, ele nunca seria capaz de decidir nem o mais ínfimo, nem..., e quanta diferença entre o que ele diz e o que ele faz, porque quando dá para discursar, quando..., e se ela fizer as contas, muito por cima, se..., tremendo babaca, tremendo..., tanta confiança depositou nele, de todo coração, para que desde o primeiro dia ele a pisoteasse mil vezes, mil, e a única coisa que ela recebe em troca é..., mas ela sim se entrega, ele não, ele, quando muito..., ah, e na hora de pedir, até de exigir carinho, afeto, compreensão, aí sim, ele é o primeiro, tremendo..., afinal, o mundo só gira porque ele se levanta toda manhã, claro, mas, em troca, ele não se digna a mexer um dedo, nem por aquela que o pariu, nem por..., e sempre dizendo o que deve ser feito, sem decidir nada, e dando ordens a torto e a direito, insuportável, insofrível, in…, mas se ela propuser uma coisinha assim que seja, se por acaso, se…, ai, como é inútil, como é…, e quando ele entra numa discussão para no final dar o braço a torcer?, quando admite que não tem razão?, que estava enganado?, que…, mentira, é tudo da boca para fora, é…, nunca viu homem mais falso, mais descarado, mais…, e sempre gozando da cara dos outros, é o cúmulo, o…, e nela nunca reconheceu nada, nem uma única virtude, nem sequer…, e ela sabe que é uma mulher sensata, carinhosa, sensível, às vezes até tem pressentimentos, a-hã, também é uma mulher cheia de pressentimentos, de…, e quando ela exige que, quando…, que é isso, se ela nunca exige nada, nem sequer…, mas por que tanta birra com Néstor, ele que é tão íntegro, tão honesto, tão o caralho a quatro, por que brigar sozinha como uma louca?, ai, não, chega, acabou.

Cristina abre os olhos e, sem levantar a cabeça do travesseiro, pode ver o lugar exato da sala onde os quatro estiveram conversando antes de ir para a cama. Será que a porta do quarto se abriu sozinha? Ou alguém a abriu? Será que Bruno não fechou direito? Bruno entrou no quarto quando ela já estava deitada, tirou o tênis, deitou a seu lado sem tirar a malha nem o short, sem nem ao menos tocá-la, e, antes de cobrir o rosto com o travesseiro, disse que meia hora é a duração exata de uma boa sesta, que voltariam a se ver no trigésimo primeiro minuto. Ela sentiu desejo de beijá-lo, de acariciá-lo. Mas se conteve, ainda se contém, e aí, a seu lado, continua Bruno, imóvel como uma múmia, respirando tranqüilamente. Como conseguiu pegar no sono tão rápido? É um abençoado, fazia tempo que ela o pressentia, e mais se comparado com Néstor, com esse filho da puta profissional.

E Magda é outra. Que história é essa de desfilar pelada? Foi para mostrar sua bunda firme, seus peitos durinhos? Filha da puta, e puta. Será que Néstor e a advogada foram feitos um para o outro? Deviam amolecer sua bunda a golpes de pica, derrubar seus peitos à força de chupões. Tomara que Bruno e Néstor a peguem de jeito e abusem dela até que fique um bagaço. Quando se preparavam para ir almoçar, observou Magda enquanto ela se penteava, agora sem peitos nem bunda à mostra, ainda bem, e Magda comentou, na volta, vou lavar a cabeça. Disse a frase como se fosse um segredo que ela quisesse compartilhar. Porque uma das poucas coisas que uma mulher espera da outra, o que mais a fascina, é a possibilidade de compartilhar um segredo. Portanto, Cristina sentiu gratidão. Além do mais, sempre há algum segredo à mão, disso ela não tem a menor dúvida. Com Magda, desde que chegaram, desde que lhe ofereceu bebida, e mesmo antes, quando lhe disse que tinha esquecido o fumo, ela esteve tentando compartilhar algo além de maridos. Entre os homens é diferente, eles se dão melhor quanto menos compartilham, principalmente em questões de política. Entre mulheres, é a maior delícia quando se consegue traçar uma estratégia em comum para conseguir algo, ou alguém. Agora Cristina acha que foi por terem compartilhado algo, não alguém, que ela resolveu contar uma piada para a putona, que nunca acabava de se pentear. Você sabe por que chamamos a pica de *pene*? É porque *pene*tra, *pene*-tra, *pene*-trás. O que para mim é um problema, porque não gosto por trás. Uma chata, a advogada, nem sorriu. Cacete, por que, quando voltou do almoço, em vez de ficar lá como uma boba, ouvindo o blablablá de Néstor, não foi direto para o chuveiro tirar um pouco da merda que tem na cabeça? Não era isso o que ela queria fazer? Ou esses peitos e essa bunda não agüentam nem um segundo sem um pau por perto? Não importa. Mentira, importa, sim.

E Cristina senta na cama. Bruno continua alheio ao mundo, dormindo como uma pedra. É por isso que ele não vai para a frente. Néstor sempre está em guarda, e disposto a despejar um discurso na orelha do primeiro que aparecer. Que o trabalho, que o respeito, que a disciplina, que ele, tão trabalhador, tão respeitoso, tão... Ai, não, outra vez não. E que idéia fixa a piada do Pepito, que o chefe espanhol de Pepito olha uma lata de cerveja e pergunta, Pepito, este sujeito aqui é um índio?, e o Pepito, claro, é o famoso índio Hatuey, e por que esse índio Hatuey é famoso?, e Pepito pega a lata de cerveja e pensa, falo que Hatuey foi o primeiro herói da ilha, o primeiro mártir da independência de Cuba, que com isso conseguiu que os espanhóis o assassem vivo?, e Pepito deixa a lata de cerveja em cima da mesa e diz, bom, chefe, a verdade é que esse Hatuey teve uns probleminhas pessoais. Bruno foi mais engraçado com aquela história da Virgem da Caridade aparecendo para pôr ordem na casa. Que gozado, a padroeira de Cuba tomando as rédeas da situação para evitar o desastre. Será que falta muito para o trigésimo primeiro minuto? No barco, a caminho do restaurante, ela notou que um bago de Bruno estava escapando fora do short e comentou com Magda, isso que estamos vendo não é o pênis, não confunda, o nome disso aí é escroto, se não me engano. Nem sorriu, a putona. Primeiro a Chata olhou para Néstor, que estava mais perto, mas entre as pernas do remador não havia nada digno de menção. E quando a advogada percebeu que ela estava falando do outro, não teve idéia melhor do que comentar, no que será que Bruno está pensando? E era verdade, Bruno parecia estar com a cabeça no mundo da lua, mas nessa hora tratava-se de compartilhar o segredo de um bago fujão. Que falta de sensibilidade! Então, só para aporrinhar, talvez para chocar, sussurrou ao ouvido de Magda, você acha que pica e caralho são palavras feias? Eu não acho, adoro até o som delas, mas, claro, gosto mais é de chupar. Mas, afinal, o nome do saco é escroto? Na primeira chance que tiver, vou esfregar o fujão nos peitos. Será também um pressentimento? Mas nada da Chata se chocar, continuou com a mesma cara de sempre, que não diz nada, e cortou qualquer possibilidade de compartilhar o que quer que fosse. Mas nem tanto, porque dali a pouco soltou o que talvez seja um de seus segredos, disse, eu queria ser como você, queria não ter vergonha de nada. E ela por pouco não respondeu, então vamos começar contando a vida de cada uma desde o primeiro chupão até a trepada de ontem, mas não, o que fez foi acariciar o braço dela e dizer, não enfie a mão nessa água imunda se não quiser ficar maneta. Aí a Chata deixou de ser chata, e sorriu.

Cristina constata que agora não escapa nada do short de Bruno. Que chegue logo o trigésimo primeiro minuto para que algum pressentimento se cumpra, ou... E, de repente, Bruno descobre o rosto, se espreguiça, olha para ela, sorri.

— Acordar com alguém do lado, gosto disso.

— E não precisa ser sua mulher.

— Precisa ser uma mulher.

— Gosto de você, é o maior filho da puta que eu conheço. Você me tem, sou sua.

— Que jeito mais curioso de conjugar ter e ser. Vou continuar a rima. Vamos ver. Néstor, funcionário do Estado de certo status, não é O Maior, mas é alguém, e por isso tem suas prerrogativas. Você desfruta dessas prerrogativas, portanto também as tem, e por essa razão pode se dar ao luxo de não ser ninguém, e ser minha.

— Como não sou ninguém?! Dê uma olhada nisto.

— Esses peitos são demais. Mas você há de concordar que em questão de hierarquia você não é nada.

— Escute aqui, rapaz, eu não tenho título nenhum, e nunca precisei disso.

— É o que acabei de dizer. E continuo. Eu me considero alguém, sou vaidoso, mas, como nunca caí nas graças da hierarquia, nada tenho. E Magda, coitada, não é ninguém e não tem nada.

— A única coisa que essa sua advogada não tem é espinhas na bunda. Eu, em compensação, tenho tantas que a minha mais parece um ralador.

— Deixe eu ver. Que absurdo! Você tem uma bunda perfeita. Você é perfeita.

— Você gosta da minha bunda? Gosta de mim?

— Resumindo, a pessoa pode ser e ter, ou ter e não ser, ou ser e não ter, ou nem ter, nem ser.

— Como é que sua língua não enrola?

— Deixe-me ver esses peitos de novo.

E Cristina solta uma gargalhada. Sem dúvida, seus pressentimentos não a enganam. Vai arrancar o short dele de um puxão, vai dar uma esfregada de peitos no saco dele que...

Sesta • Um pé dormindo (segundo Magda)

A risada de Cristina. Magda a escuta enquanto fita o pé de Néstor através do espelho. Que Cristina faça o escândalo que bem entender, suas gargalhadas só a incomodariam se perturbassem o sono de Néstor, se a impedissem de continuar vendo o pé de Néstor. E Magda deixa de olhar através do espelho, e se aproxima, e observa detidamente. Pé de unhas bem cortadas, sem calosidades. Pé quase feminino, se não fossem os pêlos no dorso e nos dedos. Magda toca-o com os lábios. Cheiro irrepreensível. O que é um cheiro irrepreensível? Cheiro irrepreensível é um beijo no peito do pé e outro beijo em duas unhas, e é a língua deixando um fio de saliva entre dois dedos. Sabor irrepreensível. Deus, Néstor é perfeito.

Que bom seria se agora mesmo a mão de Néstor acariciasse suas coxas, a bunda, a boceta. Sim, pensou boceta, até poderia pronunciar a palavra. Vai tentar, vai murmurá-la para o pé dormido.

— Estou com a boceta inchada de tanta pica.

Deus, o que disse! E Magda ajeita a cabeça sobre os lençóis para contemplar e respirar melhor o pé de Néstor. Conseguiria sussurrar essas palavras de novo?

— Estou com a boceta inchada e querendo mais pica.

Conseguiu de novo. E, para comemorar, Magda saboreia sua própria saliva nos pêlos do pé, e então lhe vem à mente a imagem de Cristina sentando-se na sala quando voltaram do restaurante, atraindo Bruno, beijando-o, sugando a saliva de Bruno. Porque ela também deseja o marido da próxima, mas se contém. E como não desejar os lábios, as mãos, o pé de Néstor? E continuaria a desejá-lo mesmo que ela, a ensalivadora do pé sublime, fosse execrada por Deus. Será verdade que três dos cinco livros do Pentateuco foram escritos por mulheres? Que Deus fique fora disso, e também suas secretárias, o que conta é o julgamento dos mortais acerca dos próprios mortais. Concluindo, não é correto que Cristina beije Bruno em público com um beijo mais salivoso que o que lhe deu no barco. Conseqüentemente, se a promotoria entender que existe desejo desenfreado pelo marido da próxima, pode solicitar a apreensão preventiva da língua adúltera, ainda que faltem provas conclusivas, que não faltam, tal medida cautelar é prerrogativa da lei humana, segundo a qual primeiro se castiga e depois se procede às devidas averiguações. Que bobagem, por que Cristina não deve beijar Bruno? Por que lhe incomoda que Cristina beije? Por que ela não pode lamber o pé de Néstor na frente de Cristina? As leis são uma calculada orquestração de arbitrariedades, e os julgamentos e demais cerimônias disfarçam esse erro congênito, até levam a crer que a verdade necessita de ritos. Ela está cumprindo o Rito do Pé Dormente. O próximo ato do ritual será pegar a mão de Néstor, também adormecida, e levá-la até sua boceta. Continua pensando na palavra, e pensa com naturalidade, graças a Deus. E o ato subseqüente, mesmo que Néstor acorde, será enfiar na boca o dedo mínimo do pé, pois ali acaba de descobrir uma preciosa carnosidade. Deus, existem fatos que a lei não contempla, inibições insuportáveis que ela gostaria de destruir. Já conseguiu muito, por exemplo, não importando que no quarto ao lado estejam conversando, que Cristina ria, e já consegue até pronunciar pi... e bo... Por que se reprime agora? Ontem, depois da primeira vez, ela se lembra que não conseguia dormir, que ficou muito tempo deitada observando o teto. Não há melhor invenção para se chegar ao desespero do que prolongar os minutos fitando um teto liso, na penumbra, onde não há nada para ver. Então fez menção de se levantar, e Néstor percebeu, e o milagre aconteceu. Na fascinante segunda vez, ela flutuou até esse teto e, depois da levitação, conciliou o sono, descansou feliz. Sim, felicidade é a palavra exata. Agora há pouco, foi duas vezes melhor que a segunda vez, ela flutuou para além do teto, e por muito mais tempo, e agora também não consegue dormir. Parece que o prazer, assim como a desgraça, só é suportável até certo grau. Como pode não querer descansar um pouco? Será fruto do assombro, por ter deixado de ser lerda em determinada arte? A última da classe pode acabar entendendo, e seguir o fio da aprendizagem por conta própria, com perícia. Seguir o fio de saliva entre dois dedos com a ponta da língua, assim. E também é de se suspeitar que nela tenha despertado uma imprevista vocação de professora. Deus, ela gostaria de ensinar o pé de Néstor, ou a mão de Néstor, e que maravilha se a discípula fosse a pi... Não, ela tem que voltar a pensar nela com todas as sílabas. Deus, que educação falha, que professora incompetente. O sistema educacional deve formar funcionários eficientes que retenham o aprendido e por sua vez o ensinem. Na primeira lição ao pé de Néstor, ela exporá a necessidade dos caprichos, e, a título de exemplo, a língua teimará em examinar o corte de uma unha. E Magda lembra que no restaurante, em que o funcionário era deficiente, lerdo, ineficaz, Néstor tratou da queda das reservas, cortou os gastos da administração, saneou as contas do governo, criou áreas comerciais nos centros de trabalho sem intervir nos altos preços, estimulou a poupança emitindo títulos da dívida pública, oferecendo juros atraentes nos fundos de curto prazo, e de volta, no barco, elevou as tarifas sobre os produtos não essenciais, cortou subsídios e créditos especiais, aumentou o preço do almoço nos semi-internatos, baixou as mensalidades dos cursos universitários, concebeu um peso conversível para tirar o dólar de circulação sem mudar a moeda e, na cabana, sentado na sala, depois de assistir ao beijo de Cristina e Bruno, tributou os bens de cada cidadão, estabeleceu impostos sobre os ganhos não salariais e vendeu apólices de seguros que cobriam até um mau corte da unha do pé que ela venera. Foi então que Bruno disse, no seu plano só falta incentivar ainda mais o turismo e os investimentos estrangeiros e, assim, tentando transformar Cuba em Bahamas, você vai acabar criando outro Haiti. A troco de que Bruno disse isso? E disse mais, muito mais, mas a única coisa digna de lembrança é que, pela primeira vez, esse homem com quem ela está casada há tanto tempo pareceu-lhe um ressentido ostentando seu niilismo, sua profunda inveja, sua frustração. Que graça tem dizer, o país está caindo aos pedaços, encontra-se à beira do colapso econômico, mas não devemos nos preocupar porque na hora H a Virgem da Caridade vai aparecer para fazer um milagre. Néstor, ao contrário, mostrou inteireza, capacidade de decidir o mais conveniente, como homem em que dito e feito coincidem, homem em que se pode confiar, homem capaz de muita entrega, e que não pede nada em troca, nem reconhecimento, nem mesmo afeto ou compreensão, porque sabe que o mundo gira à margem dele, e ele sempre preocupado com tudo e com todos, homem que, apesar de ter responsabilidades, não ordena, quando muito persuade, e na discussão com Bruno teria até dado o braço a torcer se não estivesse com a razão. Quanta coragem, quanta virtude. Magda lembra que Cristina se levantou para ir para a cama e que Bruno não parava de sorrir com hipocrisia, até que por fim disse que os princípios se sustentam enquanto são tentativas, mas, depois que acontece o fracasso, então sobe o pano e começa a farsa com idéias fossilizadas, e que o desculpássemos, a discussão tinha lhe dado sono. Então Néstor e ela ficaram sozinhos, e teve que abraçá-lo, beijá-lo. Que Néstor soubesse, ela o compreendia, ele era um encanto.

E Magda percebe que a mão de Néstor acaricia uma de suas pernas, sobe por uma coxa, e sente os dedos nisso que ela quer chamar, que vai chamar boceta. Boceta. Conseguiria voltar a pronunciá-la? E Magda sente a carícia dos dedos de Néstor no lugar que ela e aquele insensível do Bruno chamam pepita de ouro, e agora não apenas saboreia a carnosidade, agora gostaria de bebê-la, e seus dentes acariciam a verdadeira pepita de ouro, recém-descoberta no dedo mínimo de um pé acordado.

Pássaros indecifráveis e a vertigem do vazio (segundo Néstor)

Agora, com o sol a ponto de se pôr, a lagoa é um cristal púrpura, ou é assim que Néstor a vê. E ao longe passa um barco a vela, e Néstor o avista, e vai anunciá-lo aos outros. Não diz nada, Cristina, Magda e Bruno também o estão vendo.

— Na marinha britânica, colocavam um fio vermelho nos cordames. Em caso de naufrágio, os restos falavam por si.

Bruno refere-se ao naufrágio que é este fim de semana? E a que restos? Os restos do amor. Soa a romance água-com-açúcar, mas houve amor, talvez ainda haja. Ele amou Santa Cristina, a Disposta, ainda a ama. E Santa Magda do Céu não sabia como olhar para o Arcanjo Bruno pela manhã, segundo o que ela disse, e isso é amor, e, para não olhá-lo, saiu nua, para que fosse O Arcanjo quem a observasse, quem contemplasse seu corpo, nunca seus olhos. Mais alguém ama no universo conhecido, Negra Consciência? Bruno? Cristina? Naufrágio inevitável. Pode até ser que os náufragos sobrevivam, mas não todos.

E Néstor vê que Magda e Cristina deram as costas para a lagoa, para Bruno e para ele. As duas parecem muito interessadas nos bandos de aves que passam sem cessar, ao longe, pelo lugar oposto ao poente. Magda e Cristina têm as nádegas quase à mesma altura, embora Cristina seja um pouco mais alta. Confirmado, Magda é mais bem-proporcionada. Cadeiras perfeitas. Coxas firmes e ao mesmo tempo suaves. E, entre as coxas, a umidade, o fervor morno, a pele ainda rosada, não violácea como a de Cristina. Hoje pôde observá-la com calma enquanto a acariciava, e ela mordia, chupava, passava a língua entre os dedos de um pé afortunado. Então o rosado de Magda foi mais intenso. Sem dúvida, ele saiu ganhando na troca com Bruno, não é verdade, Negra Consciência?

E Néstor vê Bruno atirar uma pedra, que voa rasante até bater no cristal púrpura, e pula, e bate outra vez, e mais outra, até que afunda deixando na água quatro feridas, ou círculos que se vão expandindo, esgotando, até por fim se extinguirem, e o cristal recupera sua lisura. Nada aconteceu. Lagoa imperturbável. Amor imperturbável, outro título. E chega bem perto da verdade, ou por acaso ele não persiste no amor por Cristina, a Violácea?

— A pedra tinha um propósito nobre. A lagoa deveria ser mais agradecida e produzir o melhor dos sons, não esse cuchuplum, mas um quing.

Bruno disse isso com outra pedra na mão, que agora atira.

— A lagoa voltou a não dizer quing. Que pena. Quing é a chave para a harmonia do mundo, se o mundo compreendesse isso. Quem não aprecia o som quing, essa nota exata, não deve ser chefe, e é melhor que não seja, pois o quing faria o mundo girar em suas mãos.

Néstor não quer voltar à discussão política, nem ao assunto das demissões, nem ao modo de consertar o mundo, que Bruno não comece a atirar. O que Bruno atira é outra pedra.

— Quing para a beleza, para que continue sendo verdade a beleza de Helena, a causadora da Guerra de Tróia. Não, a causadora foi uma maçã. No julgamento de Páris, o sujeito escolheu o amor sexual, sem pensar nos outros amores. Mandou às favas o amor pelo conhecimento e o amor pela família. Ficou com o sexo, e o sexo o levou ao rapto, à pura paixão. Foi aí que a tragédia entrou e disse, aqui estou.

Néstor hesita entre reunir-se às damas, e deixá-lo falando sozinho, e continuar a escutá-lo, suportando sua conversa fiada. Bruno atira outra pedra.

— Quing para as cento e oito paixões humanas, segundo o colar de cento e oito contas. Entre as paixões está o casamento, esse pilar da sociedade que aplaca, educa e evita a masturbação, essa dívida com o eterno. Casar deve ser para sempre. É uma pena, porque, neste mundo de hoje, em que tudo tem que ser reaprendido a cada cinco anos, faz tempo que o sempre acabou.

Néstor sente-se tentado a apanhar uma pedra, e também a jogá-la. Bruno atira outra pedra.

— Quing para que as idéias progridam e se conciliem um pouco, não muito. O progresso e a conciliação podem causar uma inércia mortal. É preciso sentir a podridão. Sempre há algo de podre no reino da Dinamarca, nessa lagoa, onde mais? E o sexo faz o podre vir à tona, e fluir e refluir, até nos empurrar para o mais supremo do estados, o estado de indiferença.

A indiferença, sim, seria a melhor solução diante de Bruno, e Néstor assume o firme propósito de não jogar pedras, de não se importar com o que escuta, de praticar o achado da indiferença. Bruno atira outra pedra.

— Quing para que a vida seja sedução, conquista, violações, e também ascetismo, com método, e também consciência de que um fulano como eu, preso na teia das coisas, não pode ser levado muito a sério. A propósito, hoje vi outra aranha, a coisa é séria. Psss, lembre-se que Magda tem medo delas.

Néstor não pode evitar escutá-lo. Bruno atira outra pedra.

— Quing para que o bobo do Bruno esqueça Bruno e as aranhas, e não esqueça o achado que é o som quing, essa boa música que nos banha, como o sol que nos banha, ou banhava, já se pôs.

É verdade, o sol se pôs, e levou a púrpura, e deixou uma mescla de rosa e violáceo, como que um testemunho da existência de Magda e Cristina, as peritas na passagem das aves.

Néstor observa que Bruno parece abandonar as pedras, aproxima-se da Rosada e da Violácea.

— Hemingway teria derrubado esses pássaros a tiros. Não, ele preferia a caça grossa, para provar alguma coisa, não sei o quê. Sei, sim. Ele se armava de um fuzil e se postava na frente de um rinoceronte armado, desarmado, para provar sua indigência, isso mesmo, para provar até que ponto um homem rico pode ter uma idéia pobre da morte e da coragem. Pobre Papai Hemingway, o mais velho dos escoteiros, porque nunca foi outra coisa. Deveria aparecer no *Guinness.*

E eles? O que estão querendo provar vindo aqui para se permutar, para se suportar, para libertar os podres de cada um? Que coragem! Que fim! O sol desapareceu, fugiu, e não há mais pedras sendo lançadas em busca da panacéia universal chamada Quing, segundo o inútil do Bruno, só restam os pássaros que passam ao longe enquanto um arcanjo insuportável conversa com duas santas de bundas policromas. E em Néstor começa a ecoar com muita força a mordacidade de Bruno durante a discussão na cabana, essa maldita idéia segundo a qual existem dentro de Cuba dois países com fronteiras bem delimitadas, e por isso um punhado de cubanos vive em Cuba-Bahamas, enquanto a maioria mal sobrevive em Cuba-Haiti, embora às vezes alguns dos habitantes de Cuba-Haiti dêem uma volta por Cuba-Bahamas, e o melhor exemplo disso seria Magda e o próprio Bruno, segundo o Arcanjo caído, porque os dois estão de visita a um lugar como este, exclusivo para cubano-bahamenses, com grandes mordomias, porque é irrisório o que eles pagaram pela estadia, o que lhes custou o almoço, e, para encerrar, a Mordacidade Bruna, em um exercício de cinismo, disse que era justo premiar dessa forma os cubano-bahamenses por sua contribuição à queda das reservas, porque gastam sem se importar com as contas do governo, nem com os altos preços pagos diariamente pelos cubano-haitianos que só consomem produtos essenciais, têm tão poucos bens que é difícil tributá-los, não conseguem poupar um centavo e raras vezes vêem um dólar que não venha de seus parentes no estrangeiro ou dos turistas que servem de um jeito ou de outro. Eu gostaria de saber quem de nós, os cubano-haitianos, seria capaz de comprar uma apólice para assegurar esta vida de merda, concluiu a Mediocridade Bruna. Então Néstor se convenceu, uma velha amizade pode ser uma amizade morta, e um frustrado e inconveniente como Bruno se transforma, de fato, num tipo impossível de ajudar, de defender. Homem extinto como as ondas que tinham visto na água. O que permanece é a lagoa. Aí está ela. Néstor volta a observá-la, e agora a sente mais vazia do que nunca. O barco a vela também desapareceu. Insuportável essa lagoa enegrecendo a uma velocidade vertiginosa, insofrível a vertigem desse vazio.

— Fitando o fundo de um poço, você empoça. De um abismo, se abisma. Do mar, mareia. De uma lagoa, se atola.

Bruno e a puta que o pariu. O resto é mais calmo, é Magda e seu rosado, é Cristina e seu violáceo, é ele e um pé lambido.

— Não tem um cemitério por lá?

— Vocês perceberam que não tem um único mosquito?

— Vamos?

— Ao cemitério? Agora? Não, Cristina.

— Vamos voltar.

— Ah, bom.

E Néstor respira fundo, não irá ao cemitério. Mortos não visitarão outros mortos. Era só o que faltava, Negra Consciência.

As afinidades sem eleição (*segundo Bruno*)

Os azulejos do banheiro imitam tijolos. Tijolos da irrealidade. Mas a água é água, sim. Bruno a sente caindo em seu rosto, e abre a boca, e a prova, comprova. É real, é água, um jato de água. Homem banhando-se na substância água. Agá Dois Ó, segundo os entendidos. À merda o capítulo maçante da física chamado química, que tanto seduziu Goethe e que hoje é uma hora de aula no ensino médio. Jato de água, gotas, partículas de água e, penetrando na molécula de água, esse tijolo de substância, o átomo. Um átomo de hidrogênio está para um grama assim como um grama para a massa total de água dos oceanos. A realidade é incompreensível. No entanto, uma pedra atirada contra a realidade, ou contra o oceano, ou contra uma lagoa, pode formar círculos compreensíveis, perfeitos. Pedrada parente de um peixe. Pedra lançada às cegas que aspira ao repouso do desejo, a acertar num alvo ilusório. O chuveiro não é ilusão, o chuveiro é um jato repleto de átomos. Segundo Demócrito, o átomo é tão pequeno quanto indivisível. Agora já ficou grande. Continuar penetrando. Que fique para trás o átomo com seus prótons, nêutrons, elétrons. Não tão depressa. Quando se carrega de energia além da conta, o elétron que circula em torno do núcleo atômico se excita, procura outra coisa, ou casa, ou átomo, ou, mais simples, cai fora. Macho deixando de circular em torno de uma fêmea, saindo de uma fêmea para procurar outra. De novo o peixe e sua sombra, de novo a pedrada e o alvo ilusório. Não, é mais simples, trata-se de um macho saindo de uma fêmea, mas sem interesse por outra fêmea, e que continuará circulando, só que em volta de si mesmo, e nunca apaziguar a excitação, nunca atingir o repouso do desejo. É imprescindível uma fêmea, essa espécie de invólucro, novo ou velho. Como ficar consigo mesmo e que isso baste? A água cai, escorre por seu corpo, segue até o ralo. Fluido com o ofício pedestre de limpar, não mais. Corrente de água como corrente elétrica. Na água, moléculas rodando sem mais nem menos. Na eletricidade, elétrons desesperados pulando de átomo em átomo. Excitados, ou um simples tropel de carambolas? Ir carregando a si mesmo, e ao mesmo tempo ir de mulher em mulher. Desespero duplo. Em algum lugar ele leu que os elétrons avançam pela corrente elétrica em sentido contrário a seu movimento natural, porque quando se estabeleceu a convenção ainda não se conheciam os desejos íntimos dos elétrons. Demócrito atômico, Goethe seduzido, respondam, é um desejo natural, obedece a um movimento íntimo querer continuar com Magda? O desassossego determinou que a corrente elétrica flua ao contrário, e então a água cai para cima e Magda se deita com Néstor. O que não impede de desfrutar a luz na contramão, nem que Magda sorria para Néstor, se encante escutando Néstor, seja capaz de lamber o cu de Néstor. Demócrito, Goethe, é muito simples, ele não quer se separar de Magda, de jeito nenhum, por mais que tentem excitá-lo. Mais que o elétron, o melhor exemplo seria o do nêutron, que se aferra, que resiste a desligar-se do núcleo que ele forma com seu próton. Se o separam à força, seu tempo de vida é ínfimo. Morte neutrônica por paixão profunda. Se bem que pode haver uma troca de papéis quando ocorre uma reação. E então os prótons, tão fortes, tão centrados, podem se transformar em nulos nêutrons. Então um desejo e uma vontade podem se permutar por outro desejo e por uma vontade inversa. Será isso que está acontecendo com ele? Não, com ele não, com Magda. Penetrar mais, fuçar no interior de elétrons, nêutrons, prótons, deixar de lado outros trastes mínimos como os mésons, bárions, léptons, chegar a evidências mais inobserváveis ainda, a essas partículas hipotéticas, bater com os quarks. Como é fácil encontrar os verdadeiros tijolos da realidade, por enquanto. Por muito tempo, porque quebrar um quark, esmiuçar seu interior, se é que ele tem algum, pressupõe utilizar uma energia equivalente à do terceiro segundo depois do big-bang. A realidade é insensata. Para compensar essa impossibilidade, a República dos quarks é engenhosa, harmônica, repleta de sabores e antisabores, de cores e anticores, de tríades e paridades, é uma república tão variada e perfeita quanto rígida e arbitrária. Demócrito, Goethe, não se trata de uma ironia velada, nem de uma crítica política aberta contra repúblicas como a dos quarks, ao contrário, é admiração, ainda mais quando há evidências de que é assim, e ao mesmo tempo há incertezas justamente por ser assim. Depois de uma forte reação, um par de quarks pode deixar de ser vermelho e antivermelho para tornar-se azul e antiazul. É crítica política, sim. E ele e Magda, depois de se exporem a mais de dezesseis horas de forte excitação, poderiam ter virado sabe-se lá o quê. Demócrito, Goethe, a realidade dá às vezes grandes mostras de sensatez, propicia certas compreensões, por exemplo, faz com que alguma coisa associe a água que cai aos quarks impalpáveis, consegue que o fóton seja o elo encontrável entre o mundo em que um sabonete cai sempre para baixo e a República onde um quark encantador e vermelho pode se transformar em um estranho quark azul. Para o inferno a crítica política. De que serve encontrar esse elo compreensível e sensato? Ele explica por que o sorriso de Magda é a angústia do peixe? Explica por que a insatisfação do peixe pode fazer Magda sorrir? Demócrito e Goethe sob seus respectivos chuveiros, a água caindo em seu rosto. Para um, fez-se evidente a descontínua vivacidade da matéria; para outro, a necessidade de suas constantes secretas. Conseqüentemente, tanto Magda como ele podem ser fragmentos suscetíveis de se desordenar, de se atraírem para se destruir, de se aferrarem para se devorar, de se consumirem para brilhar, de se unirem para se divorciar. São gotas de água ou lágrimas? E Bruno abre a torneira ao máximo, que a água bata em seu rosto o mais forte possível, que a água seja água sem necessidade de porquês. A razão é a mais encarniçada inimiga da razão, deveria ter dito Demócrito. Os azulejos que pretendem passar-se por tijolos não sabem o que é pretender, poderia ter dito Goethe.

Batem à porta.

— Você morreu?

A voz de Cristina através da porta.

— Estou terminando.

Bruno puxa o prepúcio para trás e enxágua a glande. À tarde, depois de fechar os olhos durante trinta minutos para não dormir nem um segundo, Cristina massageou com os peitos o lugar que ele está enxaguando, e sem parar de falar. O que ela dizia? Algo como gosto de pensar em mim como um ser sexual, de me sentir responsável por meu próprio prazer, de lembrar do que mais gosto, de quebrar a rotina misturando lembranças, e como tenho fantasias, elas são meu afrodisíaco, me livram de preocupações, e como gosto delas, eu mesma gosto de mim, me sinto gostosa, sei que sou boa, e realista, gosto de você, acho até que estou amando um pouquinho, não, bastante, isso torna as coisas mais fáceis, e com você não tenho nenhum interesse, para seu governo, ai, me sinto tão orgulhosa de ser assim, e vou ficar melhor ainda, quero virar uma virtuose, não, não quero ficar séria, chata, olhe como estou excitada, quero ter a inspiração mais louca agora, com seu pau aqui, entre os peitos. E claro que se ajeitou entre as pernas de Cristina e calcou fundo e voltou a calcar, e assim, como quem contasse as bombadas, do jeito mais bruto, acabou machucando-a um pouco. O incompreensível é que mesmo assim Cristina teve um orgasmo alucinado. O insensato é que agora seu pau começou a endurecer. E Bruno acaba de enxaguar a glande.

— Você passou o trinco?

Não que ele prefira tomar banho sozinho, acontece que, com Cristina aqui dentro, ele teria que foder de novo, e logo mais vão para o cabaré, e tudo indica que a noite será longa. Não, que Cristina não entre, água que cai, quarks com sabores e furta-cores. Uma mulher como Cristina, com desejos confessos demais, que não se debate entre a obrigação e o impulso, entre a ânsia e o prazer, pode ser insuportável, por pura ausência dentro, por puro desperdício fora. Agora Cristina está fora, e não entrará. Esse, o fora, é seu lugar, diriam em coro Demócrito e Goethe. E Bruno fecha a torneira, pega a toalha, começa a se enxugar.

— Já vou sair.

Noturno

Cabaré • *A pista* (*segundo Cristina*)

O Grande Espetáculo "Mi Fiesta Cubana" com Grandes Artistas de Fama Internacional no Grande Cabaré El Tesoro, diz o ranzinza do Néstor, vai sendo o que prometia, um verdadeiro desastre, e daí?, ela está se divertindo de montão. Ela sim cantou a plenos pulmões o Happy Birthday para um dos turistas alemães, trazidos para que desfrutassem um pouco a vida, como disse a anfitriã. De onde será que os tiraram? Será que tem um hotel cinco estrelas neste fim de mundo? Terão vindo caçar aqueles pássaros da tarde? Ela sim dançou com um alemão enorme, quando os chatos do Néstor e do Bruno não desgrudaram a bunda da cadeira, e também com a mulherona do alemão, alemã também e com cara de assassina. Será que a ursa achou que iam roubar seu urso? E aquele gingado, aquele vaivém como se estivessem carregando um peso insuportável, pode ser chamado de dança? Ou na Alemanha isso que é dançar? Ela riu como louca, sim, das piadas sujas de um sujeito com muita lantejoula na lapela, que volta e meia levantava as sobrancelhas como perguntando se também os estrangeiros e as aposentadas tinham entendido, porque a terceira idade presente no almoço compareceu em peso, e está se esbaldando. E por que será que o casalzinho não veio? Serão mesmo recém-casados como acha Bruno? Ela sim se comoveu com a mulata cheia de penduricalhos, sapatos de plataforma, mais velha que Matusalém, que em suas três ou quatro canções sempre foi alvo do assédio dos homens e da inveja das mulheres, e entre uma canção e outra proclamava que ela era A Verdadeira Diva, a única, e a velha se animou tanto ao ver tanta gente de fora, tão refinada, tão viajada, tão suecos, como disse, que arrancou a peruca, jogou-a no chão e ficou com a cabeça salpicada de pontos peludos, como ilhas de cabelos, e assim se preparou para cantar seu sofrimento derradeiro, segundo anunciou, e no fim da canção, antes de sair, disse que estava pronta para se casar, aceitando propostas, pois se ela sabia alguma coisa nesta vida era tratar de um homem, e além disso cozinhava, lavava e passava que dava gosto, portanto ia esperar sentada no camarim, e nada de mandar bilhetinhos, que os interessados se apresentassem um por um, sem atropelo, de corpo e alma, ou *in flesh*, como se diz na Suécia, porque ela entendia de línguas, não só de usar a língua, e a velha saiu chutando a peruca, porque não ia deixá-la, era uma lembrança de um amor mexicano que a persegue como um cachorrinho pelos palcos do mundo, e que estranho, hoje ele não tinha aparecido, portanto aproveitem, rapazes. E como é que ela ia tirar aquela cascata de cabelos se não fosse a pontapés? Montada naquelas plataformas, ela nunca conseguiria se abaixar sem cair de boca. Quantos anos será que tem aquela peça? Ela sim não se deixou arrastar por Néstor, que passou a noite zombando de tudo, nem por Bruno, que está lá desfiando suas maluquices, perguntando se a máscara pode ser o verdadeiro semblante por enfatizar mais a alma que o rosto nu, se o cabaré é a igreja dos ateus, o templo onde pensar é uma forma de indisciplina, o caminho onde um riacho e uma nuvem serviriam para... Não importa para que merda, pois acabam de entrar duas mulheres de biquíni, e começa a tocar uma música fina, de balé, e essas duas vacas bundudas parece que pretendem ser cisnes, pelo menos se espicham, e depois começam a correr lentamente, encolhendo-se, muito emocionadas, e de repente ficam estáticas olhando para o público.

— Estão perguntando, ficou bom?

— Não, meu adorado tormento, o que elas perguntam é, somos boas?

— Nada disso, elas se perguntam até quando vamos agüentar.

E Cristina vê que as mulheres dão-se as mãos.

— A de biquíni dourado me lembra uma professora de matemática que usava uma saia curta demais para a época, e abria demais as pernas, também para a época. Foi um amor profundo. Por pouco não fico traumatizado. Você não teve nenhum amor desse tipo, Néstor?

— Tão grave assim, não.

E Cristina vê que as mulheres agora parecem cortar-se a cabeça, e voltam a ficar como estátuas, e uma sobe na outra, e abre os braços, e em seguida se joga e rola pelo chão. A outra olha para ela, se aproxima, vai cobrir seu corpo com os braços ou com uma capa imaginária, ou com o quê?

— É como se uma estivesse com o corpo pegando fogo, e a outra tentasse apagar. Não acham? Quero uma opinião masculina.

— Eu acho que as duas estão rolando num monte de lixo, e volta e meia uma ajuda a outra a tirar a merda que vai grudando no seu corpo.

— Ou uma quer trepar e a outra se contorce de alegria.

— Então é o lixo da história transformado numa cama tamanho família. Isso mesmo, é o Imperialismo subjugando o Mundo Subdesenvolvido, tentando cobrir os corpos de bugigangas, para que as virtudes da alma fiquem sepultadas para sempre. O que o senhor acha, Don Néstor?

— Para ser sincero, não acho nada.

E Cristina vê que uma das mulheres começa como que a nascer, embaixo da água?, como uma planta de aquário?, e a outra se deita de bruços, como se pousasse no chão, e começa como que a se refrescar, e de repente pula, vira uma espécie de monstro ameaçador, enquanto a planta de aquário se transforma em outra coisa, talvez uma sereia, e começa como que a se enfeitar, até que a outra volta a pegá-la pela mão.

— Agora complicou.

— É difícil representar a leveza. Quando não se consegue, o frívolo vence, e aí as duas ninfas não passam de um casal de lésbicas.

— O lesbianismo preocupa você, Bruno?

— Não, são as ninfas que me tiram do sério, Cristina. As ninfas ágeis, sem peso, como pedras transformadas em nuvem de poeira, como um campo magnético, as ninfas pousando repetidas vezes e de maneira precisa, com determinação, como um remo na água, ou como...

— Magda está passando mal.

Cristina ouviu a voz de Néstor sussurrando a frase, e logo o olha, e imediatamente procura os olhos de Magda. Estava tão entretida com o show que nem se lembrava que Magda existia.

— No México, dão um choque elétrico nos bêbados e o fogo passa na hora. Eu já vi isso.

Como Néstor pôde sussurrar, com tanta preocupação, que Magda está passando mal e logo em seguida soltar tamanho despropósito? Será que ela exagerou mesmo na bebida? Vai ver que algo não caiu bem. E Cristina, apesar da pouca luz, tenta observar o rosto de Magda, que está muito pálido, com os olhos perdidos sabe-se lá onde. Vai ter que usar o santo remédio, a-hã, no banheiro, a tonta da noite vai ter que se deixar levar. E como será que as dançarinas terminaram? O que elas queriam dizer afinal? Porque a música fina já acabou, e apagaram as luzes da pista. O que vai acontecer agora? Não interessa. E Cristina pega uma pedra de gelo do balde no centro da mesa, embrulha-a em seu guardanapo e se levanta.

— Venha comigo. Vocês não se preocupem, continuem se envenenando com o show.

— O que você vai fazer?

Que interessado, Bruno.

— Ânimo, Princesa, vamos dar um pulo no banheiro.

Terá que argumentar, insistir, até endurecer para que Magda se levante? Não. Cristina vê que Magda gira o corpo na cadeira, apóia uma das mãos na mesa, ergue-se e, já de pé, consegue manter o equilíbrio.

— Precisa de ajuda?

Que prestativo, Néstor.

— Não, meu adorado tormento.

— Não, não preciso.

Cabaré • *O banheiro (segundo Magda)*

Não, não precisa de ajuda, ela acaba de dizer e, se quiserem, pode repetir. Mais importante é demonstrá-lo. E Magda dá um passo. Muito bem, não precisa nem se segurar. Dá mais um. Ótimo, Como Queríamos Demonstrar. E o caminho até o banheiro parece livre, ou menos tortuoso do que ela imaginava. As mesas vazias também colaboram. Onde se meteram as velhas e os estrangeiros? Devem estar do outro lado, mas não vai olhar. O que ela não pode é se apressar. Tem que retardar os passos. Não, não tanto. Que a travessia até o banheiro dure o que deve durar. A princesa, como diz Cristina, avança por um caminho encantado, sem tempo. E o caminho se contrai e se dilata, estende-se e não se estende. É um feitiço, coisa da bruxa. A velha cantora de peruca é uma bruxa. A entrada do banheiro se afasta, se aproxima. A entrada fica sempre mais longe, é a única coisa certa neste mundo. Não vai olhar. Se ela não olhar, não verá a aparência de distância, de proximidade, e o feitiço se desfará. A princesa atentará apenas a seu passo, aos passos. O importante é não perder o ritmo, nunca ficar imóvel, e não tropeçar, que ninguém cruze seu caminho, nem perder o prumo enquanto encadeia os pés, não, os passos. Um, dois, os passos. Assim, os pés bem acertados, não, os passos. E interrompê-los no momento certo, no lugar certo, se for necessário. Tomara que não seja necessário. O que a princesa precisa é que a bruxa se distraia e o banheiro se aproxime por conta própria, numa boa, ou que continue onde está, indiferente, com um bolero de fundo, não, sem fundo nenhum. Ou será que ela está repetindo um passo anterior e por isso não avança? Anda caminhando para trás, sem sair do lugar, para lugar nenhum? Será um esforço interminável? Terá errado o caminho? Será um mau caminho? Nada de ofensas ao caminho. O caminho que leva ao banheiro é um caminho encantado. A princesa no seu ritmo por sua trilha. Que desgraça viver na era da velocidade. E muito cuidado também com a demora, e principalmente com a brevidade. Por exemplo, esse espaço tão estreito entre duas cadeiras: obstáculo da bruxa. Deus, fazei com que não atrapalhe demais, fazei com que o banheiro chegue de uma vez, ou que pare de se mexer. E Magda sente que Cristina a apanha pelo braço, como se lhe mostrasse o caminho. É um gesto delicado. Verdade, a porta está mais para cá. E agora o banheiro, enfeitiçado, tem um degrau. Não parar diante do novo obstáculo bruxo. Levantar um pé. Muito bem. O outro. Ótimo. Acaba de galgar uma montanha, graças a Deus. E dentro, o banheiro horroroso tem uma única privada. Dois tabiques de madeira o ocultam. E a porta? A bruxa fez a porta desaparecer. Será que tem gente? Não parece. Não, não tem ninguém.

— Primeiro faça xixi.

A voz de Cristina é maravilhosa, acaricia. Como Cristina sabia que ela estava com vontade? E Magda sente que Cristina a ajuda a suspender a saia, a baixar a calcinha, a abrir as pernas.

— Nem pense em sentar nessa nojeira. Ponha a bunda mais para trás. Você consegue fazer assim?

A resposta é o som da urina contra a água da privada. Ou Cristina não está ouvindo? E Magda apóia a cabeça em alguma coisa, um seio, não, a barriga de Cristina, a de voz maravilhosa, a de cheiro também maravilhoso, cheiro que também acaricia, cheiro que agora se mistura com um fedor melado de urina fermentada, de mil bruxas, cheiro que fere, mais do que fede. Não pode parar de cheirá-los? Só pode parar de urinar, exato, a água já não soa.

— Eu trouxe isto aqui.

Cristina mostra-lhe um pedaço de cristal, não, de gelo. Isso mesmo, é aquele que ela embrulhou no guardanapo.

— Deixe assim, abertas.

— As pernas?

— Faça o que eu digo. Vai dar certo.

— Já acabei de fazer xixi.

— Eu sei. É outra coisa. Você vai se sentir melhor.

E Magda percebe que Cristina se aproxima mais, que primeiro toca o interior de uma coxa e em seguida apóia algo que queima. É gelo. Não queima. E Magda começa a sentir que Cristina vai subindo o gelo, que vai molhando, e é morno. E a coisa fervente e não, fria e não, topa com seu sexo, com sua boceta fechada. Muito bem, acabou de pensar a palavra, agora só falta pronunciar. Mas para quê?

— Cristina, você não sente atração pelo Néstor?

— O Néstor é que sente atração por mim. E por você também, dá para notar. Está dando certo entre vocês dois?

— Está, sim.

Cristina agora separa suas pernas, abre sua bo… E aí, no centro da bo…, coloca o gelo. Impossível dizer a palavra agora, ainda mais quando o gelo começa a enxaguar a boceta, a entrar e sair. Agora sim, pensa a palavra com força, e funciona. É boceta o nome dela, e vai dizê-lo, agora que está sendo lavada, ou acariciada.

— Cristina, não sabia que você era...

— Eu o quê?

— Que você também...

— Também o quê?

— Que você gostava.

— Eu gosto de tudo, Magda. Também adoro xota *on the rocks.*

E Magda sente que o gelo escapou da mão de Cristina, ou que ela o deixou cair. O certo é que a água da privada fez um barulho ao receber o gelo.

— Assim é melhor.

Mentira, a mão de Cristina é mais fria e dura que o gelo, mas começa a acariciar de um modo que o gelo não sabe. Que o faça suavemente, que suba um pouco. E Magda abre mais as pernas, se ajeita e se aperta contra Cristina.

— Você gosta? Não é mais gostoso assim?

— É, sim. — Cristina acaricia com delicadeza, com segurança. O rosto de Cristina contra seu rosto.

— Diz que gosta.

— Eu gosto.

E Magda sente que a boca de Cristina procura sua boca. E é ela quem tenta encurtar a distância entre os lábios, e consegue, e logo procura a língua de Cristina, e a encontra. Não, precisa se separar, se afastar, sair.

— Pare, Cristina.

— O quê?

Cristina está apalpando sua pepita de ouro, como diz Bruno, a tão quente. Nem todo o gelo do pólo seria capaz de esfriá-la, como diria Bruno. Deus, pode entrar alguém.

— Chega, Cristina, pode entrar alguém.

E Magda beija de novo Cristina, saboreia de novo a língua de Cristina. De novo se separa.

— Aqui não, Cristina, por favor.

E Magda dá um beijo rápido no rosto de Cristina, e se afasta. Que estranho, agora ela está no meio do banheiro, e é Cristina quem está mais perto da privada. Subir a calcinha, baixar a saia. Será que alguém as viu? Há um espelho. O que diz o espelho? Sua boca está manchada de vermelho, é o que ele diz.

— Por que você pinta tanto os lábios, Cristina?

— Se você não gosta, não pinto mais.

E ela e Cristina riem.

— Deu certo, seu porre passou.

— Você tem cada uma... Xota *on the rocks*!

E as duas voltam a rir, só por um instante. E se ela disser? Se confessar?

— Você tinha razão, Cristina: é gostoso, muito gostoso.

E como está satisfeita consigo mesma, porque ela é uma princesa que venceu os encantamentos da bruxa velha e conseguiu chegar ao banheiro, e no banheiro fez algo que nunca tinha feito, e agora se sente bem. E Cristina ri, e sua risada ecoa. Do que ela está rindo? Não importa. Como ri com gosto, a bruxa, ou melhor, a princesa Cristina, ou não, também bruxa, A Grande Bruxa Cristina não pára, ri.

Madrugada • Pássaros inconciliáveis e nova vertigem do vazio (segundo Néstor)

Quantas estrelas! E o céu, com suas luzes tão próximas, faz Néstor parar, arregalar os olhos. Que sua retina se queime com esse escândalo. E Néstor quase não consegue permanecer em pé quando vê que entre a estrela Altair da constelação da Águia, a estrela Deneb do Cisne e a estrela Vega da Lira, ou melhor, da Ave Lira, se desenham as linhas de uma mão. Quem lhe dera ler o que dizem esses traços. Uma vez, em Barcelona, no fim da Rambla, ele estendeu a mão para uma cigana, ou para uma mulher vestida de cigana. Por que ele não se lembra do que aquela velha leu em sua mão? Bruno com certeza se lembraria, e repetiria agora mesmo a profecia palavra por palavra. Foi uma profecia? A cigana falou algo sobre amor, claro. Não, não mencionou o amor, mencionou a paixão. Isso mesmo, a palavra paixão saiu da boca velha. O que estava acontecendo ou ia acontecer a propósito da paixão? Mas como é que sua memória não reteve cada detalhe desse ato, da apaixonada mentira perpetrada nesse ato verdadeiro? E quais serão as cento e oito paixões humanas que Bruno mencionou à tarde? São tantas assim? Que exagero! Que nada, são muitas mais. A ambição desmedida pode ser censurável em mil coisas, mas não nas paixões. Que a paixão pretenda chegar ao despropósito, que as cento e tantas paixões vão além do possível, até onde não se deve, ou pode. E Néstor gostaria que agora mesmo uma paixão, talvez A Negra Consciência sob a forma de paixão, ditasse: cometa o despropósito, aquilo que está além do possível, o que você não deve, ou pode. Beijar as estrelas. Matar um arcanjo. Que os lábios se levantem até os pássaros inconciliáveis. Que um beijo dissipe o furor da Águia contra a inocência do Cisne, a inveja do Cisne pelo encanto da Ave Lira. Um beijo para deter a garra de Altair no pescoço de Deneb, a mordida de Deneb na cauda de Vega. Um simples beijo, e que as estrelas alinhadas tolerem as estrelas em cruz e a mais bela das estrelas. E paz nos céus, paz na terra, paz também nele. E dizer o que não pode, talvez o que não deve, dizer, paz em você também, Bruno, e em seguida acrescentar que não vai mais suportar suas baboseiras. Não, não, trata-se de estabelecer a paz, uma paz que sepulte o diálogo de surdos entre ele e o Sarcasmo Bruno, entre ele e a Negra Consciência, entre ele e o mundo. O mundo girando, não, fugindo por aí, muito perto de Vega, pelo ponto chamado Ápex, tendo o Sol como cúmplice, ou pior, o Sol é o principal fugitivo, arrastando consigo os planetas, seus amigos, ou inimigos. Os amigos. Ele deveria dizer, ele pode dizer, Bruno, meu amigo, meu irmão, você está redondamente enganado, os elevados valores morais e a profunda sensibilidade política e o profundo sentido do dever não são palavras, são frases. E rir a dois, como há séculos, quando ele e Bruno eram amigos e só, antes do advento dos ódios, dos ressentimentos, das mil formas da merda misturada com sentimentos. Ele seguiu um caminho, o caminho do Ápex, por exemplo, e Bruno estagnou, nunca mais saiu do lugar. Ele segue o Sol e seu séquito de planetas, todos em fuga, e Bruno está cada dia mais longe. Queria se ajoelhar diante desse céu fugidio e brilhante que convida a confessar o que não se pode, o que não se deve, ajoelhar-se diante de sua mulher, ou suas mulheres, e diante de Bruno. Que seu amigo e suas mulheres mútuas escutem, que os pássaros cintilantes sejam testemunhas. O que vai dizer de joelhos está inscrito dentro desse triângulo formado por Altair, Deneb e Vega. E Néstor não cai de joelhos, só ergue os braços.

— Vou ler as estrelas. Atenção. Neste céu há uma linha que diz, não quero ocultar nem tergiversar a verdade, pois, como se sabe, há crentes incuráveis, beatos, fundamentalistas, e há conversos, vira-casacas, arrivistas. Não sou nem beato, nem converso. Ouviu, Bruno? E atire a primeira pedra contra mim, não contra a água, se eu não tiver passado a vida lutando, ou querendo lutar, e dizendo também que luto contra a mentira, a falsidade, a demagogia, a fraude. Ou você só atira pedras contra lagoas? É isso, você se pega com a água indefesa porque lhe falta a força da razão, o culto à vergonha. Vejamos, onde está essa porcaria, essa nova podridão que você escreveu num guardanapo, isso que agora não consigo lembrar? Um guardanapo! Um guardanapo serve para limpar a boca depois de falar merda. É para isso que você deveria usar os guardanapos, Bruno. No céu está escrito, existe a moral, a dignidade, e elas existem para sempre, porque a pobreza passa, mas não a baixeza da alma. Entende, Arcanjo? Eu também queria entender, Bruno, queria meter essas palavras bem dentro de mim, queria que essas palavras e eu vivêssemos assim, como se respirássemos juntos. Você poderia ter sido como eu, Bruno, e eu agora poderia estar na sua situação. Você poderia avançar rumo ao Ápex, como eu, enquanto eu continuaria atolado no ressentimento, como você. Algo fez com que as coisas fossem assim. Talvez ainda esteja em tempo, Bruno, entenda de uma vez por todas, ou melhor, aprenda de cor mesmo sem entender por completo, repita comigo, a autoridade é uma honra, a obra coletiva é um dever. Bruno, nós, os dirigentes que representamos o povo, somos às vezes uma norma, às vezes uma fórmula, mas muitos abraçam esse dever como um sacerdócio, e mantêm uma conduta reta, eu conheço gente assim, e se alguém pode, mesmo que seja um só, todos podem, eu também. Existem princípios, Bruno, ainda que muito raramente sejam seguidos, ainda que eu mesmo não os siga. Bruno, meu sócio Bruno, meu irmão Bruno, juro que nunca condenei ninguém ao silêncio, à invisibilidade, ao esquecimento, nunca me vali de nenhuma forma de vigilância, nem do sistema de descrédito com acusadores e caluniadores. Bruno, abra os olhos de uma vez, olhe, é o céu que está dizendo, a autoridade não é um fetiche inerte e velho, não. A autoridade, que eu também tenho, é merecida, porque eu entendi, e eu soube me entender com ela, e eu lutei, e eu venci, e por isso tenho todo o direito de ostentar a minha autoridade, e me empenho em que ela sobreviva, pois minha autoridade merece sobreviver, e não vou ter sossego enquanto não a perpetuar, com disciplina, a disciplina é indispensável, com disciplina se manterá a soberania da autoridade. Não há lugar para soberanias indisciplinadas. Convença-se disso, Bruno, não vou correr riscos, não vou me arriscar, meu interesse é tão fixo como as estrelas fixas. Bruno, tente ver em que consiste a fixidez das estrelas, olhe para cima, só isso. Sobre nossas cabeças brilham a garra, a mordida e o encanto da autoridade, e toda essa engrenagem não pára de girar. Agora há pouco você podia admirar o triângulo que as três estrelas formavam logo ali. Daqui a pouco ele estará lá adiante. Ali, talvez a autoridade celeste tenha tido uma razão para tolerar a fuga do Sol e seus planetas rumo ao Ápex, razão que talvez contrarie a que terá lá, onde talvez os condene como traidores. Não se atormente por isso, Bruno, use a amnésia, use a habilidade de não ligar o ali com o lá. Entenda de uma vez, Bruno, a autoridade é um nômade que tem uma única idéia fixa, você entende do que estou falando? Bruno, meu irmão, eu quero ajudar você, estou disposto a pôr a mão no fogo por você, vou defendê-lo, vou exigir que você fique, posso fazer isso, vou fazer isso, tenho direito ao poder, vou usar esse poder, meu poder, a seu favor. Não me faça ficar mal, porque depois os do andar de cima vão ser severos, vão achar que ter ajudado você foi uma falha minha, e de ordem moral, o que é muito mais grave que um erro administrativo. Não quero cair, não quero ser ingênuo. Você e sua constante ironia são um perigo, e tenho a obrigação de vigiar a mim mesmo, e a você também, pois você vai continuar abaixo de mim. Que foda, Bruno, que foda, Universo, quando um sujeito como eu é o único que pode ajudar.

E Néstor baixa os braços, olha em volta. Onde estão Magda, Cristina, Bruno? Não o escutaram? Ele falou sozinho? Não faz mal. Vamos ver, ele estava indo, ele vai por um caminho que só tem um adiante e um atrás, porque dos lados só há mato e água. E diante dele caminhavam Santa Magda do Céu, Santa Cristina, a Disposta, e o Arcanjo Bruno. Onde se meteram agora? E Néstor olha melhor, e se dá conta de que bem na sua frente há uma cabana, e que essa cabana é a deles quatro, e que dentro há luz, vozes. Estão lá dentro. É o cúmulo, olhar o céu, conseguir lê-lo, e não ver que bem na frente do seu nariz está a cabana, e uma porta aberta, e que há claridade atrás da porta, e gente conversando. Cego para ouvir, surdo para ver, mudo para apalpar, manco para falar. Falar.

— Cadê o outro? Entre, Néstor.

Calar, porque Cristina fala. Entrar, porque Cristina chama. E Néstor sobe os degraus.

— Entre de uma vez, meu adorado tormento.

Cristina, a Disposta, convoca o cego, o surdo, o mudo, o manco, chama-o de dentro. De qual dos dentros? Apenas de dentro da cabana.

— Ande logo, senão vai perder o melhor da noite.

O melhor da noite, e perder, e andar logo. Que a noite continue, que continue perdendo, que a noite da perda ande logo. Néstor cruza o umbral, entra.

— Feche a porta.

Néstor apóia a costas numa coisa móvel, que vai se afastando, que ameaça deixá-lo sem apoio. Abandonar-se ao vazio. Não. Algo estalou e o móvel se deteve. A porta se fechou. Missão cumprida. O negócio agora é sentar, mas onde? Ler a sala, não como se lê o céu, só decifrar se alguma poltrona está livre, ou se tem lugar no sofá. Mas o que está acontecendo ali?

Madrugada • A dança apache (segundo Bruno)

Bêbado observando outro bêbado, formula a cabeça de Bruno, ou ele por acaso não está vendo Néstor encostado na porta, tentando manter o equilíbrio? Ou será que o que Néstor quer é entender o que Cristina está fazendo? Mas se ela não está fazendo nada, está só em pêlo, ou à vontade, como ela mesma disse, e parece que a coisa só se alonga por causa de uma complicação no sutiã. Néstor parece um decalque colado na porta. Ou será que Néstor está mais interessado em saber o que ele está fazendo, sentado em uma das poltronas, com as calças arriadas? Mas ele também não está fazendo nada, só se animando. É fácil de entender. Assim que chegaram, Cristina anunciou que ia dançar a Dança Apache, para que vissem a artista que existe dentro dela, e começou a tirar a roupa. Então ele resolveu baixar as calças, não a cueca, que aquilo está meio caído, mas é de se esperar que ele se anime com as evoluções da Apache, ou de alguma outra ninfa, ou de Magda, que não dança. É facílimo de entender. Quando a mulher se decide, o homem relaxa. Quando ele vê que a coisa é pra valer, se retesa. O que diz a experiência de Néstor? A dele continua dizendo que as fêmeas são superiores, ou psicanalisando, como bom bêbado, que as fêmeas conseguem transferir a vagina para o pobre macho teso, e é exatamente esse o seu caso. Experiência insensata, psicologia de botequim, as vaginas não esperam, são belicosas, arreganham a goela, abocanham, engolem. Assim que seu pau levantar, o que deve acontecer logo, vai tirá-lo para fora, para que uma belicosa o engula, ou uma língua trabalhe nele. Mas ele não vai avançar o sinal, e jura que jamais buscará o prazer do ermitão, muito menos com um auditório de peitos tão seletos como os que acabam de aparecer.

— Um fecho emperrado.

Cristina mostra na mão algo que Bruno não consegue distinguir, e que ela joga para o alto.

— Para o Lixo da História. Isso é o que se chama vencer as dificuldades dando uma banana para O Imperialismo, não é verdade, Néstor?

Esses peitos massagistas agora estão pedindo um amasso dos bons. Mas estão muito longe. Aliás, um leve amasso por cima da cueca até que não iria mal para excitá-lo. O negócio é atiçar o fogo. Bruno vacila. Mas por quê? Só porque não é um soldado. Onde já se viu alguém de uniforme vacilar? E Bruno começa a se acariciar suavemente. É verdade, isso excita.

— Mas, rapaz, bote sua coisinha pra fora. Meu show vai resolver o seu dilema, quem viver verá.

E Cristina ri. Será verdadeira a felicidade dessa mulher? E ele, não estaria começando a admirá-la? Bruno sorri. Conviver perturba. É o hábito fazendo das suas. Cristina amante. Cristina amiga. Ou amante amiga, como diz o bolero. Cristina talvez seja melhor amiga do que amante, e talvez continue sendo amiga mesmo deixando o posto de amante. E Cristina tira os sapatos. Bruno percebe que esteve olhando para ela quase embasbacado, e que quer continuar assim.

— Não vou tirar a calcinha, pois, como todo mundo sabe, tenho a bunda cheia de espinhas, e não estou a fim de andar exibindo os meus defeitos. Nem sonhando vocês vão ter um show completo.

E Bruno observa que Cristina começa a trotar em círculo, batendo a mão na boca, subindo e descendo um braço, como uma índia de Hollywood. Também os peitos sobem e descem, esticando-se quando apontam para o chão, voltando a encher-se quando sobem. Bruno recorda que, quando era garoto, o que o fascinava nas mulheres era a beleza do rosto, quando adolescente a admiração desceu até aí, até os peitos, e já homem continuou descendo mais e mais para se meter entre as pernas. Quando for velho acabará adorando calcanhares?

E só agora, quando acompanha com atenção os movimentos em círculo de Cristina, Bruno vê que Magda nem se sentou. Será que ela está assim, meio acuada, desde que chegou, como Néstor? Em vez de olhar para a Apache, Magda tem os olhos fixos na cara de pastor puritano que Néstor exibe. Só agora é que Bruno se deu conta.

A Apache interrompe sua dança, também ela topou de repente com a cara puritana do Pastor.

— Que é isso, meu adorado tormento? Agora mesmo dou um jeito nessa sua vida equivocada.

Bruno não pode ver o rosto de Cristina, mas sim o de Néstor, que parece passar da ausência de desejo à espera do inevitável, e em seguida ao temor, e daí ao terror. Ou não? Bruno daria qualquer coisa para ver a expressão exata de Cristina quando ela pára diante de Néstor, e de repente abre sua camisa, e também sua braguilha, de um puxão.

— Me dá um beijo?

Bruno pressente que o Pastor vai vencer o terror, explodir de raiva e dar um bofetão na cara da Apache. Nada disso, Bruno vê o Pastor baixar a cabeça e ir direto aos lábios da Apache. Cristina esquiva-se do beijo.

— Nos peitos primeiro.

E Bruno observa que o Pastor se apóia nos ombros da Apache, dobra os joelhos, oculta-se atrás do corpo de Cristina e parece que começa a beijar seus peitos, pelo menos faz que não com a cabeça enquanto a Apache continua tirando sua roupa, e ela também se desfaz da calcinha, que cai no chão, como cai a calça de Néstor.

Na bunda de Cristina, agora menos que nunca, Bruno não vê nenhuma espinha. O que ali se revela com claridade é a beleza e a habilidade de Helena, beleza e habilidade que teriam conseguido, com um simples gingado, a Paz de Tróia. Deveria soar quing no universo, sem necessidade de pedradas, porque um par de peitos apaches anularam o puritanismo, e conseqüentemente dois quarks começam a intercambiar sabores, cores, como se passassem da estranheza ao encantamento, embora Néstor continue com o rosto invisível, para ele, não para Magda, Magda pode vê-lo de perfil. Ou não é esse perfil o que Magda está olhando? Nada se vê por completo, nada se sabe ao certo. E Bruno tenta observar com mais cuidado, porque Néstor e Cristina perderam precisão, e, na confusa incerteza, ele não consegue perceber lugar e forma ao mesmo tempo. Se um gesto delineia uma perna, esse mesmo gesto confunde a razão da dança, como se Néstor e Cristina estivessem se diluindo. É isso? E uma chuva de imagens, atordoante, se bem que de vez em quando uma coxa permite que Bruno escape do estranho simbolismo de corpos que estão e não estão, embora estejam, sempre estejam, inclusive ao alcance da mão, e ele poderia apalpá-los, sobretudo as costas de Cristina, se quisesse, porque a Apache e o Pastor foram parar quase a seus pés. Bruno não apalpa, só aspira o cheiro desses corpos como se fosse uma água nem perfumada nem pestilenta. Não continuará sentindo esse cheiro. Bruno vê que está levantando as pernas para que não o toquem, embora sem deixar de olhá-los. E por fim consegue ver o rosto de Néstor, rosto que beija e é beijado, que lambe e é lambido, que deixa ver os dentes e é assediado por dentes. Lábios, línguas, dentes buscando-se com desespero, e com desespero procurando dilatar o encontro. Que prazer dos prazeres para a Apache e o Pastor se pudessem ficar assim, assediando-se e fugindo no espaço mínimo durante o máximo de tempo. Espaço zero, tempo sem fim para lábios, línguas, dentes, desesperos, para o caos harmônico. Será simples inveja de quem olha? E Bruno pára de observar Néstor e Cristina, e abandona a poltrona, caminha arrastando as calças. Aonde ir? A lugar algum. Sim, à cozinha. Para quê? Para afastar-se desses dois, para ir.

Madrugada • Um fardo pesado (segundo Cristina)

Aonde é que Bruno vai? Porra, tanto trabalho arrastando Néstor para perto de Bruno, para ver se esse corno entra na roda e, sem querer, ou querendo, arrasta Magda, e que Magda... Porque no banheiro do cabaré não ficou claro se a advogada gostava ou não do negócio, nem se gostava mais de Néstor ou de Bruno. E como é que ela pode gostar mais de Néstor que de Bruno? Então, indo até Bruno... Mas o que é que o filho da puta foi fazer na cozinha? O que estará procurando? Talvez seja melhor que ele não fique tão perto, e que Magda... E Magda? Cristina cheira o pescoço de Néstor e, desse ângulo, pode ver que Magda continua de pé, observando a cena. Mas quem ela está olhando? Néstor ou ela, Cristina? Cacete, se Maomé não vai até a montanha, a montanha... Arrastar Néstor de novo? Agora até Magda? Que abuso! Que falta de compreensão! E tudo para depois deixar os homens de lado, para que ela e Magda... Melhor se livrar de Néstor, e... Não, não é uma boa idéia aproximar-se de Magda sem um homem. Com um homem, ela é menos agressiva e mais forte. Além disso, é bom ter uma pica por perto, para o caso de Magda precisar. E se a advogada, com homem ou sem homem, não quiser dar início ao processo? Ou se, mesmo querendo, ela afinar, sentir vergonha? Porque, no banheiro do cabaré, elas estavam sozinhas. Na frente deles, Magda talvez não... Mas com eles também é gostoso, e variado, que Magda pelo menos pressinta, ou, se não, que confie, que... E se Magda já estiver arrependida? Se a desgraçada agora pensar que o que aconteceu no banheiro do cabaré foi...? Melhor esquecer essas perguntas e seguir em frente, maquinando, isso mesmo, maquinando sem muita história. E avançar devagar, devagar e sempre. Que Magda continue onde está, sem se mexer, ela irá se aproximando, com Néstor, claro, sempre arrastando o fardo de Néstor, a-hã, um fardo pesado, necessário, que agora acaricia e beija suas costas. E Cristina vê Bruno abrindo a geladeira. Que é que esse aí está procurando? Só tem cerveja. Será que ele está com sede? Quer continuar bebendo? Pensará em voltar depois de se servir, ou está tirando o corpo fora? Quer me deixar maluca? Ai, os homens. Melhor ficar perto da poltrona onde o filho da puta estava sentado, caso ele volte. Mas, se ele voltar, não tem por que sentar na mesma poltrona. Tomara que volte para onde estava, e que arraste Magda junto. Tem que atiçar seu tesão. Agora mesmo vai lhe mostrar um número bem excitante do verdadeiro Grande Espetáculo Minha Festa Cubana, com os Grandes Artistas de Fama Internacional Néstor e Cristina, no Grande Cabaré La Cabaña, não percam, senhora puta e senhor filho da puta. E tudo sem deixar de aproveitar, pois Néstor vai indo muito bem. Cristina percebe que a cabeça de Néstor se move por sua barriga, então a agarra entre as mãos e a afasta. E agora? Ela a conduz ou a beija? Nada de afobação, não deve se apressar nem vacilar. Vai conduzi-la. E a cabeça de Néstor é dócil, se deixa levar. Essa docilidade é digna de gratidão. Para demonstrá-la, vai lhe dar um beijo. Nada de beijos, que é capaz de Néstor pensar que as evoluções terminaram. Não soltar sua cabeça, ainda, ainda não, agora sim, soltando.

Cristina libera a cabeça de Néstor e em seguida vira as costas, e se debruça no encosto do sofá. Cacete, que Néstor perceba, o que ela tem em mente é uma chupada, mas que ele não desconfie que está fazendo isso só para ficar de frente para Bruno, e de perfil para Magda, porque esses dois têm que vê-la, e agora é fazer cara de safada, sem perder um passo de Bruno, espiando a advogada com o rabo dos olhos. Que Néstor não resolva atacar com a pica, que nem pense nisso. Não tão rápido, não ele. E Cristina sente a língua de Néstor descendo pelas costas, as mãos de Néstor separando suas nádegas, a boca de Néstor entrando no... A-hã. E onde é que Magda se meteu agora? Cacete, foi tão gostoso que se distraiu. E Cristina vê Magda na porta da cozinha. Puta. E vê que Magda abraça Bruno. Duas vezes puta. Será que depois eles vêm para cá? Será que vão para um dos quartos? Ou não vão sair daí? Se esses dois entrarem num quarto, ela jura que larga Néstor na hora, vai até a cama onde estiverem trepando e se joga em cima deles. E, se entrarem no quarto das duas camas, ela vai arrastar Néstor até a outra e, na primeira chance, pular para a deles. Que Néstor continue ocupado lá embaixo, tem tempo, e está bem gostoso. Cristina vê Magda tirando a roupa. Três vezes puta. E vê Bruno fechar a geladeira. Corno dos cornos, Bruno está lá com sua advogada pegando fogo, e ele continua frio, ocupado em fechar geladeiras, porque Bruno... Que gostoso o que Néstor está fazendo lá embaixo. E Cristina fecha os olhos. Não, ela tem que fazer como Bruno, enlouquecer os outros de cabeça fria. E Cristina abre os olhos, e vê como Bruno e Magda saem da cozinha. Para onde vão? Que delícia, a boca de Néstor. Será que eles por fim vão para o quarto? Como vai indo bem, a língua, aí mesmo. Deixaram a cozinha para que Bruno acabe de tirar a roupa de Magda mais à vontade? Que a boca de Néstor não saia dessa outra cozinha. Que Bruno tire até a pele da advogada para que ela fique... Aí é melhor, Néstor sabe disso. Peitos maravilhosos, bunda perfeita. Que sacanagem essa putona ser tão linda. Isso, Néstor. Do caralho, nunca pensou que veria Magda assim, nem quando estavam no bote e sentiu o corpo de Magda tão próximo, o rosto de Magda tão perto, e depois, no banheiro... Não, que Néstor nao tire a cabeça lá de baixo, a-hã, isso mesmo. Cacete, se pudesse tocar Magda agora mesmo, acariciar e beijar seu corpo, comer essa putona, fazer assim, como está fazendo Bruno, pegá-la de jeito, como Bruno. E esses dois vão ficar a vida inteira aí? Nem vêm para cá, nem vão para um quarto, nem... Mas o que é que Néstor vai inventar agora? Não, nem sonhando, que ele não se engane, ela não quer ser enrabada, não vai permitir isso, ele que nem tente. E Cristina solta o espaldar do sofá, fica de frente para Néstor, o beija, o abraça. O que fazer? Néstor está muito... Minha nossa, a coisa é séria. O que é que ela pode fazer? Agarrar e apertar seu pau? Não. Ela tem que pensar em alguma coisa. O quê? A Apache. Isso mesmo, recomeçar a Dança Apache. Não. Algo melhor. Pronto, é isso.

— Sou capaz de adivinhar quem é quem de olhos fechados.

Efeito imediato, os três olham para ela como se tivesse soltado uma bomba. Ela se refere à anatomia dos homens, à pica, mais exatamente. Será que deve esclarecer?

— Aposto que, só de tocar, sei de quem é a pica.

Confirmado, os três continuam olhando para ela. Agora tem que seguir em frente, caminhar com decisão até onde estão Bruno e Magda abraçados, nus e abraçados, um raio que os parta. E Cristina se aproxima deles.

— E você, Magda? Também conseguiria?

Agora acariciar seus ombros. Isso mesmo. Cacete, Magda está facilitando. Mil vezes cacete, Bruno atrai Magda e a abraça com força. O corno quer proteger a pobrezinha. Duas vezes corno, está complicando as coisas. Não quer que outra fêmea ponha as mãos na sua...? Três vezes corno, se ela fosse um macho não se importaria com...? Que idéia!

— O jogo é proibido em Cuba. Que pena, porque se não eu seria capaz de bancar a adivinha. Olhem, eu vendava os olhos, e um de vocês se aproximava, qualquer um. Eu tocava... Não, melhor ainda, abria a boca para o voluntário enfiar bem devagarinho, e aposto que adivinhava quem era. Vamos lá! Preciso de uma venda, um lenço, qualquer coisa.

— Eu tenho um aqui. Deixe, eu quero adivinhar primeiro.

Não pode ser. Foi Magda quem falou, é ela quem está agitando um lenço, talvez de Bruno, tirado sabe Deus de onde. Não pode ser, e é. Bruno não parece nem um pouco surpreso. Quem é que entende este mundo? Néstor também deve estar de boca aberta. Cristina não quer nem saber, não vai olhar para ele, pouco importa Néstor, ou Bruno. Magda é que importa, Magda e seus peitos, Magda e sua bunda, Magda.

— Bravo! Passe para cá. Venha. Não, vamos fazer aqui mesmo. Melhor você se ajoelhar, Magda.

Madrugada • A adivinha (segundo Magda)

De joelhos, perfeito, algo que chegue às raias da humilhação, que seja A Humilhação. De joelhos, para chegar à depravação total, ao nojo, para ver se Bruno entende de uma vez por todas. Que a bruxa Cristina não demore, que coloque logo a venda, o lenço, qualquer coisa. E Magda fecha os olhos quando vê que Cristina se aproxima, aperta-os quando sente Cristina apoiar o lenço em suas pálpebras, amarrá-lo na nuca, ajeitar o cabelo, ou é uma carícia? Que amável, Cristina; que decepção, Néstor; que imbecil, Bruno.

— Você está vendo alguma coisa?

Ela está vendo tudo.

— Não estou vendo nada.

Olhos cegados para afastar-se de Bruno, de Néstor, de Cristina, dela mesma, se pudesse.

— Fique assim.

Magda sente a mão de Cristina no pescoço, a mão moldando seus ombros, levantando sua cabeça.

— A-hã. Menina, você parece triste. Isso, sorria.

Festa triste, rosto sorridente.

— Agora abra a boca.

E Magda entreabre os olhos, percebe uma claridade através do tecido, e só então separa os lábios com lentidão. Que acabe de uma vez, que tudo acabe, que ela não possa nem mesmo se lembrar.

— Não, abra mais.

A mão de Cristina, da Grande Bruxa Cristina, volta a moldar seu pescoço, e agora percorre suas costas. Deus, Néstor parecia diferente, era uma esperança, e de repente virou um trapo, na porta, quando viu Cristina, e mesmo antes, no cabaré, depois que leu o guardanapo de Bruno. Por Néstor ela teria sido capaz de cuspir na bruxa, de chutar Bruno, de matar. E Bruno parecia menos monstro. Agora há pouco poderiam ter entrado num dos quartos, fugir da sala, sumir. Ela chegou a lhe dizer algo assim. E ele começou a tirar a roupa, dele e dela, e a dizer que os sármatas, os antigos cossacos, bebiam no sapato da amada. Como é que alguém pode ser assim? E Cristina, o que está fazendo agora? Cristina parecia menos infeliz, menos baixa e infeliz. No banheiro do cabaré, a boca de Cristina teve um sabor de infância, de batom roubado, do ato furtivo de se pintar. Era um sabor complicado por uma saliva e uma língua estranhas, e era, acima de tudo…

— Perfeito. Venha cá. A-hã, você mesmo.

O lábio inferior é o primeiro a sentir algo morno e arredondado, que entra lentamente, transpõe os dentes. E em seguida a língua comprova, deve ser Bruno, com sua cabeça grossa, embora agora não muito. E os lábios, talvez por instinto, se amoldam ao talo grosso, sempre grosso. Os lábios confirmam o parecer da língua, é Bruno, não é necessário prosseguir com as investigações. E a língua, talvez também por instinto, começa a lamber devagar. Tem sabor de Bruno.

— De quem é?

Magda sente entre as nádegas a voz morna, a boca úmida da Grande Bruxa. Língua de Cristina. Pica de Bruno. Isso mesmo, pica, claro que pode dizer pica. E Magda percebe que Cristina se afasta de sua bunda, e na mesma hora Bruno sai de sua boca.

— Diga de quem é.

Melhor mentir. Por quê? Mentir condiz com a humilhação, com a depravação, ou deveria ser assim. Desde que chegou não parou de mentir. Mentiu ao beijar Néstor nesta sala, assim que chegaram. Mentiu ao falar com Néstor no quarto, antes da segunda vez. Mentiu ao acariciar o braço de Cristina no restaurante, depois de uma pergunta antipática. Não mentiu ao gozar com Néstor, adorando um dos pés de Néstor. Não mentiu ao beijar Cristina, ao lhe dizer que era gostoso. Agora vai voltar à carga. Isso mesmo, voltará a mentir. Uma mentira para a Grande Bruxa, para os bruxos.

— Não sei. É de... Não sei.

Bruno volta a se apoiar em seus lábios, logo entra para além dos dentes. Não, não é Bruno, é Néstor. A língua o ratifica, a cabeça é mais fina, menos achatada, tem outro sabor. E Magda joga a cabeça para trás. Consegue que Néstor saia de sua boca.

— Este aqui é outro, estão trapaceando.

Exato, saiu como uma piada. E Cristina confirma, ri. Se não tivesse parecido uma piada, a Grande Bruxa teria soltado a gargalhada do mesmo jeito. Magda sente a risada de Cristina entre as nádegas, e sua boca que agora a acaricia, pode até sentir seus dentes um pouco afiados. Se quiser, pode abrir um pouco as pernas. Pronto, já abriu. E a boca de Cristina se afasta. Mas, então, o que ela quer?

— Qual dos dois você prefere?

A voz de Cristina borbulhando entre suas nádegas. A especialidade da Grande Bruxa será o gelo, Xota *on the rocks*? Ou ela gosta mesmo é de bo..., não importa como? Conseguiria dizer bo...? E pi...? Nem agora? Deus, por quê?

— Não. Vou dizer de quem é, e ponto.

Os homens cochicham algo, o quê? O cheiro de Bruno está muito perto, isso ela pode adivinhar, sim. Bruno ainda poderia pegá-la pelo braço, arrancar o lenço, sair, ou levá-la ao quarto mais próximo, se quisesse, e fazer qualquer coisa, no escuro, no escuro e sem espelhos. E Magda abre a boca. Não entra nem Bruno, nem Néstor, nem a língua de Cristina, nada. Deus, o que estará acontecendo? Bruno continua por perto, o cheiro do sexo de Bruno é quase palpável. E Magda sente a grossa cabeça de Bruno encostando-se em seu rosto, abaixo do lenço, ao lado da orelha. Deus, o que querem dela? Que a procure com a boca? Por que não colocam a de Néstor do outro lado, encostada do mesmo jeito, e ela que decida entre direita e esquerda, sem pressões políticas, pois aí não entra a ideologia, ou também entra? Por que a Grande Bruxa não arma mais essa? Ou nem lhe passa pela cabeça? Melhor acabar logo com isso.

— Já vou saber.

Por que ela disse essa frase? Magda estende a mão, apalpa um braço, de Bruno, procura, encontra a pica, isso mesmo, vai dizer, e a agarra. Vai mentir, dizer a palavra e mentir.

— Esta é a pica de Néstor.

Cristina ri às gargalhadas, mais ao longe. E, na mão de Magda, Bruno fica cada vez mais flácido. Alguém começa a tirar o lenço. Bruno murchando cada vez mais, em sua mão. A venda é desfeita. Magda abre os olhos, e a primeira coisa que vê são os dedos de Bruno segurando o lenço, e em seguida avista Néstor e Cristina ao fundo. Néstor de pé, Cristina sentada no sofá diante de Néstor, lambendo sua pi... Nesse momento não lhe importa poder ou não poder pronunciar a dita-cuja. Cristina lambendo com sua língua enorme e olhando para Bruno, ou para ela, ou para os dois. E Magda se levanta sem soltar a pi... Quase nem consegue pensar a palavra. Desejam que faça mais alguma coisa? Ou seu número já acabou? Não vão inventar alguma nova humilhação? E Magda olha para Bruno. E a cara de Bruno parece dizer, vamos embora, vamos sair daqui. Deus, pode ser que a cara esteja dizendo isso, mas o Bruno em sua mão é de outra opinião, começa a se endurecer. Magda o solta. Que Bruno veja bem o que ela vai fazer. E Magda vai até onde estão Cristina e Néstor, e se agacha, e desliza por baixo da língua de Cristina e da pica, pode chamá-la de pica, ela está embaixo da pica de Néstor, e muito perto do pé sujo, do dorso venoso, dos dedos porcos de Néstor. Rápido, separar as coxas da Grande Bruxa. E Cristina colabora, ergue uma perna. E Magda a vê, está bem diante dela, pode chamá-la pelo nome: boceta, a Grande Boceta da Grande Bruxa. Poderia até pronunciar a palavra. Mas para que pronunciá-la? E que cheiro! Azedo. Não, adocicado. Não, repugnante. Não... Pouco importa. E Magda abre a boca e se aproxima, mais e mais, e beija, quase morde, e começa a lamber, a sugar, e então deixa de sentir o cheiro, também o sabor, parece que até o sentido do tato a abandonou.

Último movimento do quarteto

A lagoa mais escura (segundo Néstor)

Dormindo? Acordado? Néstor com os olhos abertos, ou assim lhe parece, e portanto acordado, ou não? Não, nos sonhos os olhos podem ficar como bem entendem. E a dor de cabeça? Nos sonhos a cabeça também pode fazer o que lhe dá na veneta, até permitir e promover formas de tormento, por dentro. E por fora o quê? Fora, pegada a seu corpo, move-se uma mulher, talvez dormindo, talvez com a cabeça fresca como o vento. Com cabeça de vento? Não, se fosse de vento, seria um sonho. Não deve ser de vento, não deve ser sonho. Vai apalpá-la. Não há vento, há cabelos. Quem lhe dera poder estar desperto, pelo menos acordado. Mas é qual das mulheres? O cabelo é de Cristina. E Magda? Lá, na cama ao lado, na outra cama do quarto. Dormindo ou desperta? E no colchão? É. Um momento, como é que o colchão está sobre a cama? Ele mesmo arrastou esse colchão até a sala, e o jogou no chão. Está acordado, sem dúvida, pois se lembra. Não, não se lembra de nada, é mais simples, apenas sua cabeça em frangalhos sabe que ele fez isso. E fez sozinho ou Bruno o ajudou? Ou foi uma das mulheres? Ou as duas? Ou os três? Quem sabe. Se estivesse acordado saberia. Besteira, alguém desperto pode igualmente ignorar, ou até mais, porque ignorando consegue evitar as ranzinzices da Negra Consciência, que é tão ranzinza, e que lhe diga, por exemplo, você está bebendo além da conta, no cabaré, está se cansando demais tentando se manter sóbrio, está se esfalfando, a caminho da cabana, gastando suas últimas energias, com Cristina?, com Magda? Magda nua, dormindo. A Negra Consciência diria, o amor precisa de imperfeições para se manifestar, precisa até de certa agressividade, ou brutalidade, e de poucas alegrias, e muitas angústias, e que haja atração e repulsa, tédio e entusiasmo, palavras e silêncios, renúncia e obstinação. O cérebro duro, o crânio mole, e golpes à esquerda e à direita. Ontem à noite sua mão lenta acariciou um seio, detendo-se no mamilo. Noite de tocar seios, de beijá-los, foi isso? Foi assim? Seios de Cristina. Ou o que ele está recordando é muito anterior à noite de ontem? Quem sabe esteja recordando um sonho, outro sonho. Sonho que lembra um sonho que lembra um sonho. E um fecho no chão, que ele pisou. Essa lembrança é de ontem à noite, disso não tem dúvida. E de que serve não ter essa dúvida? E fizeram um ritual, ou uma adivinha. Não, não era uma adivinha, não tinha nada a ver com palavras. Os golpes dentro da cabeça aumentam. Que o crânio estoure logo se isso fizer com que o cérebro pare de arder. E o carro? Por que razão pensar no carro agora? Por muitas, porque o carro é transporte, é voltar, chegar a Havana, é alívio para uma longa dor de cabeça. Talvez a esta altura já tenham roubado o limpador de pára-brisa, como num velho filme polonês. Isso seria um mal menor. Se bem que o estacionamento tem vigia. E, entre o carro e ele, uma lagoa turva. No meio da testa, a lagoa mais escura, mais bruna. Bruno foi o inventor disso tudo. Bruno disse, ou não disse?, que estava disposto a se consolar com Cristina. Ou Cristina tinha dito algo antes? Quantas sombras velhas, novas, fora de sua cabeça, dentro de seu crânio, que estoura, que não estoura. Que o cérebro encontre seu centro antes que apareçam as estrelas da manhã, do dia de hoje. As últimas estrelas de nada serviram. Bem, chegaram a dizer algo. Constelações proféticas ou ranzinzas como a Negra Consciência? Ontem à noite, algo fugia por um ponto. Sem dúvida era o Ápex. Além do Sol e seus planetas, quem mais se afastava rumo ao Ápex? Alguém desperto e sem a cabeça atormentada se lembraria. Alguém adormecido que não padecesse de maus sonhos e escuridões antigas, também. Amor e paixão nos céus, nos mortos que festejam com outros mortos, na podridão que rola pela podridão, na cabeça martirizada. A coragem da podridão, de viver entre mortos, também de matar. Alguém foi assassinado ontem? A coragem de Cristina, a Violácea, de Magda, a Rosada, o pau murcho e bruno de Bruno mijando, e esse mesmo pau, duro, flutuando pela sala, sem nunca pousar. Já estava lá o colchão, ou ainda não? E Magda e Cristina prontas para recebê-lo, ou não? Demitido, pau ocioso. Ai, as demissões. Não, que um pesadelo não entre em outro pesadelo. Nada de demissões. A Sordidez Bruna diria, é corrupto quem tolera dois pesadelos na mesma dor de cabeça, e mais, é covarde quem não extirpa o atordoamento que acomete o juízo na ressaca. A Negra Consciência diria, mais moderada, é preciso ser incorruptível diante das tentações. A Velhacaria Bruna diz, eduquemos a nós mesmos fortalecendo a virtude, não nos julguemos merecedores de vantagens, não favoreçamos ninguém, preguemos com o exemplo, com a ciência do exercício do exemplo, e consagremo-nos recusando os arranjos, as tendências estranhas à justiça, que são inerentes ao espírito burguês, que são armas do inimigo imperialista, inimigo que continua sendo mesquinho, demente. A Negra Consciência diz, compadecida, não, o juízo não pode estar tão atolado, a dor de cabeça deve ter um limite, a loucura também. A Raposice Bruna insiste, contra a loucura e a dor, disciplina, retidão, ordem, e sempre inculcar o amor ao chefe, a certeza da vitória, porque podemos sim, porque o futuro é todo nosso, e dar o máximo, sempre, e que prevaleça o respeito a si mesmo junto com a satisfação pelo dever cumprido, porque os cargos dão o privilégio do sacrifício cotidiano, e exigem que se tenha o ouvido atento aos clamores da cabeça, não, aos clamores do povo, para poder conquistar o sucesso, não, para poder cumprir com a palavra, porque o dito tem valor. Foram essas as ironias que Bruno desfiou ontem à noite, Negra Consciência? Se Bruno não for demitido e entrar na multinacional, será como uma promoção. A Malícia Bruna diz, deve-se promover o mérito, reservar os cargos aos idôneos, mesmo que sejam idiotas, e a quem tiver comprovado sua fidelidade, mesmo que sua capacidade seja nula, porque a promoção é um reconhecimento, um estímulo, e não cabem o amiguismo, o nepotismo, a discriminação. Que um raio parta esse pesadelo das demissões, Negra Consciência. A Ironia Bruna não pára, diz, é hora de tomar uma decisão, pois decidir é prevenir, e de decidir sem contemplações, com firmeza, sem improvisação, sem necessidade de debates infindáveis, sem medo de errar, e depois nada de justificativas, nada de pôr a culpa em um cérebro calcinado, ou em um crânio aos pedaços. Decidir agora? É isso, então? Um pesadelo em que ele deve decidir sobre as demissões, entre demitir ou não demitir, Negra Consciência? A Desgraça Bruna diz, é muito fácil, que levante a mão quem for favorável a que Bruno, O Escória, seja poupado ou promovido. Ninguém? Nem um único voto? E agora que levantem a mão os milhares que forem contra. Todos? O povo inteiro? E agora que levante a mão quem fizer questão de se abster, mesmo sabendo que isso é uma covardia, que não se pode ficar em cima do muro, ninguém? Então, pronto. A Negra Consciência concluiu, agora se lembra, por unanimidade, desterrar o pau bruno do pesadelo em que Santa Magda do Céu quis voltar a ser Santa Magda do Céu Bruno. E a Virulência Bruna grita, nada disso, a votação era para ver se um puxa-saco degenerado faria com que um companheiro abnegado fosse excluído da multinacional, e a democracia decidiu. E entra Santa Cristina, a Disposta, sempre disposta, ontem também disposta, e entra o drinque Xota *on the rocks*. O sonho é um disparate de sonho, o que será Xota *on the rocks*? Sonho besta, cabeça bruta, Cristina desenfreada, ontem, e agora dormindo como uma santa, afinal, como morta, afinal. Morta? Será que ela está morta? O sangue de Cristina, o assassinato de Cristina. Um beijo dormente na morta, um beijo como o beijo de chegada. Um beijo também para Magda que esperava A Graça. A Negra Consciência diz, venho anunciar oficialmente a demissão do Arcanjo por sua avareza com A Graça, por vaidade, auto-suficiência, orgulho, indiferença, desprezo pela hierarquia, menosprezo por todos, por irresponsabilidade, absoluta falta de tato, intolerância, insensibilidade, pois sempre está tentando dividir, nunca unir, e sempre zombando de tudo, negando-se a tomar parte na obra coletiva. A Ironia Bruna interrompe, grita, abaixo o Arcanjo da Apatia, da Indolência, do Pessimismo, do Hipercriticismo, do Derrotismo, vamos repudiá-lo, fora, fora, fora! A Negra Consciência acrescenta, falta ao respeito com os chefes, como todo intransigente, e se negaria até a guardar um segredo de Estado, e promoveria boatos, conflitos. Não, Negra Consciência, temos que ajudar o Arcanjo Caído, e dignificá-lo. A Malignidade Bruna diz, não, ele não merece solidariedade, não e não, nada de paternalismo, porque ele nem ao menos está disposto a emendar-se, deve ser repudiado, fora, fora, fora! A Negra Consciência acrescenta, ele não se fez merecedor dos benefícios da cultura política genuína. Que porra é cultura-política-genuína, Negra Consciência? Chega, diz a Bufonaria Bruna, a decisão já foi tomada, para que tanta discussão? E entra um relógio girando, e entram seus ponteiros que também giram, e o relógio pousa em seu pulso, e Néstor reconhece, é o seu relógio, o mesmo que ele olhou ontem à noite, que então não funcionava, que num giro brusco apagou o mundo. Foi assim mesmo. E, a partir desse minuto, o mundo continuou apagado. Ou já estava escuro antes? E agora, o sonho, ou quem dorme e sonha, tem uma leve coceira entre as pernas. Que uma de suas mãos, a direita, se encarregue disso, que vá até o saco do dormente, ou o saco do sonho, e o coce. E justo quando a mão espera tocar um volume de pele flácida, topa com outra mão.

— De quem foi a idéia de chamar isso de escroto? Nem que fosse um vômito.

A voz da morta, de Cristina. Néstor abre os olhos, e sem mexer a cabeça observa o corpo de Cristina, o rosto sem sorriso de Cristina. Cristina não morreu. Cristina talvez seja imortal. E Néstor vê a mão de Cristina apalpando, ou coçando, ou fazendo uma carícia com as unhas, ou não é carícia? Cristina parou de apalpar, ou de coçar, ou de acariciar. E Magda? E Bruno? Cristina e ele sozinhos no quarto, sobre a cama que era dele e de Magda. A cama ao lado continua vazia, e sem colchão. E nota-se uma luz tênue, luz do amanhecer. Agora sim não tem dúvida, está acordado, sonolento e acordado, e Cristina não morreu, embora tampouco ria. Por que não ri? Por que Cristina vira as costas para ele sem nem ao menos sorrir? E se tentar descobrir, falar com ela? Cristina acaba de dizer algo sobre vomitar. Será que ele vomitou ontem à noite? Não, acha que não, tem certeza que não. E ela? Talvez, ou também não, com certeza não, Cristina nunca teria falado em vômito se fosse ela quem tivesse vomitado. Quem então? Magda? Pode ser que ninguém, e pouco importa. Lembrar um vômito é como lembrar um fecho pisado, ou um disparate como Xota *on the rocks*. Cristina voltou a pegar no sono? É ele quem não se agüenta de sono. E, agora mesmo, está de olhos abertos ou fechados? Dormindo? Acordado?

Um café põe ordem na casa (*segundo Bruno*)

Basta uma olhada na sala para tudo ficar claro, ainda mais com o colchão atravessado, vazio. Pode ser pensado assim, como um recipiente, agora vazio. Mas, afinal, Magda dormiu nesse colchão? Quando Magda e ele ficaram sozinhos aqui, na sala, ela não quis ir para o quarto, não quis acompanhá-lo, ou foi ao contrário? Cristina tinha entrado no outro quarto com Néstor, quase carregando Néstor. Não aceitou ajuda, ou será que nem ele nem Magda quiseram ajudá-la? Bruno vai até o banheiro. Magda também não está no banheiro. Estará no quarto de Néstor e Cristina? Não. Por que não? Porque não pode ser, não deve ser, que não seja, não. A porta está fechada. E se a abrir? Não. E fora da cabana? Magda não poderia ter saído? Vai lá fora dar uma olhada? Onde Bruno dá uma olhada é na cozinha. Aí está ela. Magda, de penhoar azul, diante do fogareiro elétrico, observando a cafeteira como se fosse um objeto de meditação. Espera. O fogareiro está ligado. Será que se aproxima dela? Mas como se aproximar? Vai lhe dar um beijo? Sente-se como que culpado, ou pior, o que ele sente é uma insuportável necessidade de perdão. Mas por quê? Um projeto aborta se é muito discutido. E Bruno se aproxima, e sua mão começa a acariciar o pescoço de Magda, até parar no tecido do penhoar. Magda o olha fixo. Um projeto também aborta se a realidade o aborta.

— Você não está com frio?

— Não está frio, Magda.

— Mesmo assim, vá se vestir.

É verdade, ele está nu. É mais verdade ainda que a noite acabou faz tempo, que tudo acabou. Certo, ele irá se vestir.

— Não, escute.

Como é difícil olhar Magda nos olhos. Por que Magda não pára de olhá-lo tão fixo? Que fite outra coisa, que continue observando a cafeteira.

— Agora mesmo posso agarrar você pelo pescoço, enfiar sua cabeça aqui embaixo e esfregar na minha pepita de ouro, na minha boceta, na minha xota. Viu como eu falo essas palavras sem o menor problema? Que é que você acha? A obra é toda sua. Faça bom proveito.

Magda parou de olhá-lo. Uma trégua. Não, não há trégua.

— Desde que chegamos aqui, tenho dormido mal, mentido, feito o que não me interessa. Fique sabendo, Bruno, que conheço cada detalhe do teto do quarto, e dos pés de Néstor.

— Outra hora a gente conversa.

— Vamos conversar agora. Eu me apaixonei por Néstor, Néstor parecia diferente, e assim, rápido como aconteceu, acabou, porque uma mulher se apaixona muito mais, às vezes mais lentamente, eu não, ontem à noite, quando estávamos na sala, tudo o que fiz, com Cristina, sem Cristina, essa infeliz, essa bruxa, a Grande Bruxa, que não tem nada de infeliz, seja lá o que eu tiver feito, o que você me viu fazer, porque você viu, viu até onde posso chegar?, Deus, e quando Néstor trouxe o colchão, o infeliz, esse sim, que nojo, e quando começou a falar, e você a discutir com ele, lembra?, lembra nada, Deus, até que Néstor falou que era tarde, e mostrou o relógio que não tira nem para cagar, e caiu de sono, ou de bêbado, Deus, que desilusão, Néstor, e ontem à noite, aqui, na cozinha, você tirou a minha roupa, me deixou nua, veio com a conversa dos sármatas, e quando vi o Néstor, quando vi Cristina tirar a roupa dele, entendi tudo, Deus, nada explica melhor o que está acontecendo entre esses dois, e parecia que você queria ir embora, ou que nós dois fôssemos embora, só que de pau duro, seu bosta, você tinha que tirar a venda dos meus olhos, me tirar deste inferno, Deus, eu tinha inveja de Cristina, agora não. Posso ser mais bruxa que Cristina. Você veio até a cozinha beber água, beber mais, veio fazer o quê?

— Agora vim ver você. Ontem vim para ficar longe de Néstor e Cristina. Eu também não estava no lugar que devia, com as pessoas que devia.

— Não, não estava em sua casa, não estava comigo. Nem pensou em mim. Se você quiser, agora mesmo podemos ir lá fora para você me enrabar ao ar livre. Não ligo a mínima. Fique sabendo que vou trepar como louca, na frente do espelho, de outras pessoas, com homens, com mulheres, com o primeiro que aparecer. Posso chupar o pau de um cachorro, ou a boceta de uma cadela. Não, isso não. Sim, isso sim.

E Magda desata a chorar. Magda chorando. E Bruno se aproxima, e sua mão faz uma carícia estúpida sobre o penhoar.

— Me largue! Olhe o que você fez comigo. Estou arrebentada, morrendo de nojo. Você é um monstro.

Mas foi ela quem quis. Ele disse algo, antes de Cristina propor a Adivinhação. O que foi? Precisa dizer algo, e já. Mas o quê? Algo que não soe a recriminação.

— Magda, eu abracei você com força, ontem. Não queria que caísse nas mãos de Cristina, nas mãos de ninguém, juro.

— Abraçar. E basta abraçar? Eu pedi para você, sim, que tirasse a minha roupa, para que você não acreditasse, para que não fizesse nada. Mas você acreditou, e fez isso. Porra, puta que o pariu. Podíamos ter saído para olhar a lua, procurar a vila, a igreja, a estradinha, qualquer merda. Deus.

— E nessa hora falei algo para você, que nunca entendeu a história dos sármatas.

— Nem ouse me explicar isso agora.

Ele e Magda atraindo-se para se destruir, aferrando-se para se devorar, unindo-se para se divorciar. É isso? Será que é isso o que ela quer, o divórcio? Melhor não perguntar, respirar fundo, calar, e rédea larga à incompreensão da realidade insensata. Acabam de chegar ao Mundo das Névoas, ao País das Sombras, porque esse lugar existe, sim. Ontem Magda disse algo, tinha a ver com ele, com eles, era um argumento muito bom, que explicava o quê? E ele deu uma resposta que a deixou gelada, e tomou o exemplo dos sármatas, talvez um disparate. Foi assim? Talvez ela tenha entendido como uma incongruência, ou um insulto, ou uma grosseria. Como foi? Imbecil obstinado na imbecilidade. Não se trata de saber. Pode ser um erro interpretar as coisas, ou mesmo tentar, mas como seguir em frente sem avaliar o que se faz?

Existe um jeito, inventar razões lógicas, universos harmônicos. Essa é a lição da República dos quarks. Magda enxuga as lágrimas numa manga do penhoar. E Bruno observa esse gesto com a alma por um fio.

— Para mim tanto faz amar ou deixar de amar. Veja a que ponto cheguei.

— Magda, o sexo também é conversar.

— Ah, que bom! Sexo e conversa. Agora vamos ter uma palestra sobre sexo e conversa. Bruno, você está falando comigo como se eu fosse uma estranha, e o que eu quero é que nos salvemos. Juro que preciso superar tudo isso. Ontem, no cabaré, quando você discutia com Néstor, te amei demais. Mas isso não importa. Você é tão cínico, tão mentiroso.

— Não sou cínico. Posso mentir, é verdade, mas nunca digo que é verdade o que eu sei que é mentira.

— Vá se vestir. Não, não vá.

E Magda o abraça. Magda abraçando-o, aconchegando-se em seu peito. Abraçá-la com força, e calar. O amor também é calar.

Pela parede vai subindo uma aranha. Magda a observa. Abraçá-la com mais força, afastá-la da aranha.

— Deixe eu ver.

— Você tem medo delas, não é?

— Quem disse?

— Eu sempre achei.

— Pois é invenção sua.

— Tem certeza que você não tem medo de aranha?

— Não sou nenhuma menina.

— Você podia ter mil anos e morrer de medo delas. Quero contar uma história para a minha menina, e não é invenção minha. Quer ouvir?

— Só se não aparecer nenhum sármata.

E Bruno constata, Magda sorri, quase um milagre.

— Era uma vez um grande desenhista chinês chamado Quingo. Um dia, Quingo recebeu a encomenda mais importante de sua vida, uma encomenda do imperador. Tinha que desenhar uma aranha. Quanta honra, disse Quingo, só que preciso de cinco anos e uma casa com cinco criados, por favor. Concedido. Passaram-se cinco anos, e nada. Mais cinco anos, disse Quingo, e mais cinco criados, por favor. Concedido. Às vésperas de se completarem dez anos, Quingo apanhou o pincel e, de um traço, desenhou a mais fascinante aranha já vista.

— Pensei que fosse aparecer algum sármata.

— Para você ver, não apareceu.

E Magda volta a sorrir.

— Bruno, não me preocupo com o que você inventa, mas que me inclua nas suas invenções.

— Não vai acontecer de novo.

— Quem acredita?

— Você.

— Te amo.

Magda disse te-amo. E isso que ele está sentindo agora, será a tal felicidade? Que Magda não veja suas lágrimas, que o penhoar resolva o problema. Bruno acaricia com a face o tecido que cobre um ombro e, de olhos limpos, beija o rosto de Magda.

Na cafeteira começa a se ouvir um borbulhar aromático.

Necrópole (segundo Cristina)

Não quiseram acompanhá-la, e então ela, sendo livre, independente e soberana, e como lhe deu na telha, veio sozinha, porque defunto, enterro, tudo o que tem a ver com mortos, é com ela mesmo, é... Mas que cemitério mais chocho. Pequenininho, antipático, sem árvores, nem um mísero cipreste, tão bonitos que eles são, tão... Sem um coveiro por aí, cavando uma fossa, para falar da vida, que é tão romântico, que é... Nada de nada. Melhor, assim ela continua sozinha, passeando sozinha entre os túmulos, mas sem olhar muito, para não ler o que dizem as lápides, que os epitáfios são de matar. Quem será que inventou essa baboseira? Nem que os vivos tivessem tempo de ler sobre os mortos, nem que os mortos tivessem olhos para ler o que eles pensavam sobre eles mesmos quando eram vivos, ou o que pensam os que ainda não morreram. Ela, por exemplo, se adora, e até já teve ocasião de dizê-lo, mas daí a pôr isso em sua lápide, a dizer... Mas como seria o epitáfio que ela nunca há de escrever? Aqui jaz Cristina,/ que gostou de si mesma em vida. Ai, saiu com rima. E Cristina dá uma gargalhada. Acrescenta o trauma? Que teve na bunda/ montes de espinhas. E Cristina dá outra gargalhada, mais sonora ainda. Será que ela é poeta e não sabia? Mas o que é que ela está fazendo dando risada nesse lugar, quando não tem a menor vontade de...? Cacete, devia arrancar os olhos dos que viram suas espinhas, e as apalparam. Devia esmagar a pica do filho da puta do Bruno. E como torturar a puta? Melhor que não tivessem vindo. Foi por lá que passaram os pássaros ontem à tarde. Que lindos. Com eles passando, o cemitério estaria menos morto. Com uma boa fumada também melhoraria, e não só o cemitério. Nem ontem à noite ela sentiu falta da maconha. Mas agora sim, um tapinha que fosse, e pensar que tinha conseguido aquele fumo tão bom, e foi esquecer em Havana, ela não se perdoa. Néstor no começo fazia o maior escândalo, mas agora não, já pegou gosto pela coisa, e como ele é o contato mais quente que existe..., como sabe que nunca vai ter problemas usando essa rota, porque é a mesma do... Isso mesmo, Néstor é um filho da puta profissional. Não como Bruno, que pode ser mais filho da puta ainda, mas amador. Bando de ingratos. Se não fosse por ela, que sempre tomou a iniciativa, o fim de semana teria sido um tédio, pior que esse cemitério, que dá até pena de tão feio. Nem pássaros, nem uma alma viva, nem paisagem que preste. Magda disse que os pássaros eram rolinhas. Será que a advogada é do campo e por isso sabe dessas coisas? E como os túmulos estão perto da água! Aqui os mortos devem apodrecer rapidinho. Fedor de coisa podre tinha o pau de Néstor, ontem, e não estava nada morto. Ele parecia suar todo o álcool ali por baixo. Tanta confiança que ela sempre depositou em Néstor, desde... E Néstor a pisoteou mil vezes. Ai, não, não vai se pegar com Néstor agora, ainda mais depois de ele dizer aquela coisa tão bonita, e nesse lugar, que é de repouso, de recolhimento. E ela, como sempre, dali a pouco já não se importava com a fedentina da pica. A primeira impressão foi um cu, mas passou. Como é melancólico um cemitério, dá vontade de ouvir música, não música triste, música boa, faz dois dias que ela não ouve música. E por que Magda de repente começou a chamá-la de bruxa? Não era um insulto, Magda falou como se a chamasse pelo sobrenome, como se dissesse, como vai, senhora Cristina Bruxa. Não, ela disse Grande Bruxa, e falou com vontade, na cara dela. Foi um insulto, sim. Vagabunda, encheu a boca para xingá-la de bruxa, mas só depois de chupar a xota dela do direito e do avesso. Que Magda ia adorar o babado, ela nunca teve a menor dúvida, que... Mas nunca imaginou que um dia Magda lhe daria uma chupada tão espetacular. É verdade que antes a advogada tinha confessado em alto e bom som, quero não ter vergonha de nada. Ou isso não é uma confissão? E também confessou que queria ser como a Grande Bruxa, embora não tenha usado esse nome. É inveja. Será que Magda tem inveja até de suas espinhas na bunda? A aprendiz de bruxa passou dos limites. E depois, quando viu que o pau de Néstor, o podre, não ia levantar mais, que... Porque ele soltou um fiozinho de nada, e pronto, ficou fora de combate. Mas o que foi que Magda fez exatamente quando percebeu que Néstor não...? Ai, como ela esquece das coisas. Vamos ver, Magda viu que Néstor não podia nem com a própria alma, e aí... Magda estaria mesmo a fim de Néstor? O caso é que partiu para cima de Bruno. Louquinha para dar, fosse para quem fosse. Mais puta, impossível. Quando Bruno a jogou no sofá, como quem tira uma coisa do caminho, e começou a botar nela, Magda falou, olhe aqui, Cristina, *pene*-tra, *pene*-trás, e eu gosto, por trás também gosto. Depravada, mentirosa, com aquela cara de sofrimento, devia estar sentindo dor até nas amígdalas. E, quando Bruno saiu de cima dela, ficou toda torta, estatelada, pedindo água. Grande coisa, não ter morrido enrabada. Já Néstor terminou a noite quase morto. Mas antes de se acabar de quase morrer, apareceu como que arrastando uma cruz. Só que, em vez de cruz, um colchão. Para que Magda e Bruno se sintam à vontade, disse. E no fim foi ele quem despencou no colchão, talvez tenha acabado o gás por falar tanta merda com um colchão nas costas. Que o desprendimento, que a generosidade, e mais uma conversa sobre dar o exemplo. Ai, agora deu para martelar com essa história do exemplo. Será que ele está à beira da camisa-de-força? E, também, que as vantagens materiais..., ou era que ele queria ser honesto?, e que a modéstia, a vida austera, a dele, da família, até do espírito santo. Como se Bruno, Magda e ela não o conhecessem. Até que ele mesmo acabou se cansando. E ainda andava dando trancos com o colchão quando falou alguma coisa sobre se devia ou não amordaçar não sei o quê, ou pôr obstáculos no... A-hã, porque o assunto era a competência, não, a complacência, a tendência a exagerar as conquistas. Um filho da puta profissional traumatizado. Pior impossível. E mais, que ele é que tinha iniciativa, nunca colocava limitações a... É verdade, muita iniciativa para trazer o colchão, e com aquilo deste tamanhinho. Isso sim que era limitação, com aquela escassez de pica. Que se devem procurar novas soluções para velhos problemas. Quantas vezes será que ele disse essa frase? E que retificar era criar. Também a repetiu mais de mil vezes. Uma loucura galopante, camisa-de-força é pouco. E foi aí que Bruno saiu de cima de Magda, e meio que estourou, falando, muito bem, procurar fórmulas legais, morais, para se aproximar do povo e responder às suas demandas, como se martelar sempre a mesma merda mudasse alguma coisa, quando a pergunta do governante é uma só, como os governáveis vão aceitar ser governados? Foi mais ou menos isso o que falou o outro louco varrido. E Néstor, ainda com o colchão nas costas, gritando, ninguém pode ser amigo de um detrator, de um anti-social. E Bruno, se tinha algum anti-social era seu pau, e de novo botou na Magda, e de novo por trás. A aprendiz de bruxa deve ter sentido mais dor ainda. Ou será que dessa vez foi pela frente? E nessa hora Néstor tentou olhar o relógio e perdeu o equilíbrio. Desabou no colchão que tinha acabado de largar, e não levantou mais. Que manicômio! Porque não se levantar não é o mesmo que calar. A administração correta dos recursos do Estado, a imagem íntegra, o amor à causa, não ferir a sensibilidade do povo, e continuou assim até sua língua adormecer. Quando Bruno saiu de cima da putona, com o pau ainda pingando, olhou para Néstor como se fosse um verme e começou a delirar, a falar não sei o quê sobre a necessidade de atiçar o candeeiro, depois pegou Magda, que continuava estatelada no sofá, e a atirou no colchão, em cima de Néstor, caso ela quisesse continuar. Magda desatou a chorar com um desconsolo de cortar o coração. Não dá para entender os homens. No começo, Bruno meio que a protegia. E no chão mesmo, porque Magda logo saiu do colchão e se encolheu toda, coitada. E a puta arrependida não aceitou consolo nem carícia, ficou como se estivesse vendo o Diabo em pessoa, se bem que nessa hora não a chamou de Grande Bruxa, nem nada. Também, devia estar com os nervos em frangalhos, e o cu, idem. E Bruno, gritando como um energúmeno, deixe essa vaca, que a deixasse. Que morra, que morram todos. Porco, sem se lavar. Seu pau estava pior que o de Néstor, com um fedor de..., e mole. Isso mesmo, agora se lembra melhor, ela até prendeu a respiração quando Bruno veio balançar a pica na sua frente, dizendo, pegue aqui, console esta, se você faz questão. E mesmo mole, Bruno foi metendo, pela frente, porque ela é que não deixa por trás, e, para falar a verdade, por trás ele nem tentou. E quando Bruno conseguiu enfiar, não foi exatamente desagradável, apesar de continuar mole, mas até que fazia lá suas cócegas, então, como num passe de mágica, Magda parou de chorar, se acalmou, se levantou, passou por cima do colchão com Néstor e veio enfiar a cara entre xota e pica. Porca. Casal de depravados. Néstor, coitado, no outro mundo, como se dormisse acordado. De repente ela sentiu um carinho por ele, um..., verdade. Por isso deixou a festa para os outros dois, tirou o corpo fora, e o levou junto. Além disso, não estava gostando de ver Bruno e Magda em pêlo andando em volta de Néstor, porque os dois estavam de novo gritando e chorando, e Bruno, com aquilo em pé, numa dessas era capaz de errar o alvo e acertar no cu de Néstor. Teve que levá-lo quase carregado. Nem Bruno nem Magda a ajudaram. Mas como é que iam ajudar, se agora Magda estava tendo como que convulsões, quase chamando pela mãe? E Bruno só a sacudia, dizendo até do mal que ela ia morrer, porque se ele sabia alguma coisa era que ia matá-la, não ia lhe deixar nem uma gota de sangue, e depois de morta e dessangrada ia mijar em cima dela. Que se matem. Não se mataram, agora estão de amores, até de mãos dadas. Quem é que entende os filhos da puta amadores e as putas também amadoras? Afinal, a maioria das pessoas não vive nem bem nem mal. Mas, e daí? Que as pessoas vivam assim, isso a entristece? Ou esse consolo a faz feliz? Não importa. Assim que chegaram ao motel, ela comentou com Magda que os dois eram diferentes. E são diferentes. Néstor é diferente. Quando ela o levava para a cama, Néstor lhe disse, eu não vou matar você, nunca. Foi tão romântico, saiu tão do fundo do coração. Ou isso quer dizer que o filho da puta profissional já pensou em...? Ai, agora sim se arrepende de não ter usado preservativos, ainda mais no meio de tantos mortos e com esses dois assassinos à solta. Que nada, esse cemitério é muito triste e acaba muito rápido. E Cristina dá meia-volta e pega o rumo da cabana. É melhor ela ir enfrentar os assassinos. Faz tempo que a porca da Magda deve ter acabado de lavar a cabeça, porque quando ela saiu estava nisso, muito tranqüila, como se nada tivesse acontecido. E Néstor, será que já acordou? Cacete, que vontade de voltar para Havana, lá é que tem um cemitério que dá gosto.

Êxodo (segundo Magda)

Ela não pôde deixar de notar a alegria de Néstor. Talvez Bruno e Cristina também tenham reparado nessa alegria. Néstor não tinha sorrido durante toda a manhã, mal pronunciou uma ou duas palavras, mas que felicidade quando viu que o carro estava inteiro. Deixou dois dólares na mão do vigia do estacionamento, que ainda deve estar buscando uma explicação para tanta generosidade. Mas a alegria de Néstor logo se apagou. Bruno apontou para um dos pneus. Estava murcho, ou furado. Maldades da vida. E bondade do mundo, porque a um quilômetro e pouco, pela estrada que margeia a lagoa, tem uma borracharia, segundo o vigia do estacionamento, que ainda estava com os dólares na mão. A tragédia era exorcizada mais uma vez. Mesmo assim, a alegria de Néstor não voltou. Óbvio que era preferível passar pela tal borracharia, tirar a roda e examinar o pneu antes de partir rumo a Havana. Mas Néstor explicou detalhadamente, como se precisasse convencê-los. Ela e os outros entenderam que era o mais razoável, claro.

Examinar o pneu é o que o borracheiro está fazendo agora. E a espera serviu para que ela acabasse de pentear o cabelo ainda molhado, de frente para a lagoa. Como é diferente vista deste ângulo. A espera também trouxe promessas de ajuda a Bruno. Néstor assegurou que fará o que puder, e ele pode, para que o corte de pessoal não atinja seu amigo. Bruno agradeceu, pois é claro que ele tem interesse em trabalhar na multinacional, foi o que ele disse, e disse também que ele sempre soube que poderia contar com Néstor, que etc. Coitado do Bruno, vai morrer exercitando a ingenuidade, ou seriam frases irônicas? Com Bruno nunca se sabe, pelo menos ela não sabe. Com Néstor sim, porque nem Néstor acredita em Néstor. Só Bruno confia nele, ou finge que confia. Ontem, no cabaré, sentados à mesa, quando ela e Cristina já tinham voltado do banheiro, depois que o porre dela passou de repente naquele banheiro, Bruno atacou com tudo. Magda se lembra muito bem. Bruno disse, bem na cara de Néstor, a única coisa que poderia restar a você, agora e para sempre, depende deste minuto de merda, e é a esquerda como ética, não como idéia política, porque, por muito tempo, o desastre político da esquerda vai fazer do sonho um sinônimo de disparate, e esse desastre ainda conseguiu que todos sintamos na boca um sabor de hipocrisia, não de heroísmo, e se pessoas como você, se vocês, os esquerdosos de profissão, não entenderem isso, vão acabar de destruir o pouco que resta de pé, que é quase nada. Néstor tinha muito álcool na cabeça, não conseguia nem saber do que estavam falando, e não entendeu de vez quando Bruno lhe mostrou um guardanapo, que ela ainda traz consigo. No papel, com letras garrafais, Bruno escreveu duas colunas, excluir/destacar, reprimir/mimar, rejeitar/reconhecer, expoliar/premiar, destruir/produzir, ofuscar/destacar, censurar/publicar. Será que sua memória omitiu alguma linha? Talvez até duas. Impossível recordar tudo. Ainda bem que a memória esquece. É bom que esqueça, e muito. O que ela lembra claramente é que, diante dos olhos de Néstor, Bruno foi desenvolvendo os pares opostos, um por um, e no final disse que os dispositivos, os organismos e as táticas eram o evidente, mas que o secreto, o que revelava a decadência e a insensibilidade, o que levava a confundir temores e esperanças, o que era realmente de arrepiar, ele não diria. E então veio o gesto. Um gesto mais eloqüente que qualquer réplica. E Magda volta a ver Néstor pegando o guardanapo com dois dedos, como se fosse um rato, e devolvê-lo a Bruno. E, para arrematar o gesto, ele fez algum comentário a propósito de viúvas velhas, ou de alemães gordos, ou de recém-casados ausentes. Só então ela lamentou sinceramente não ter saído da cama na primeira noite. Se tivesse se levantado antes que Néstor reagisse, teria saído correndo até a recepção da pousada e perguntado quando saía o próximo barco, e depois voltado para resgatar Bruno, porque seria como um resgate, e tratado de acordá-lo se estivesse dormindo, ou de tirá-lo de dentro de Cristina se ali estivesse, e dizer-lhe que chega, que já bastava, que ela preferia atravessar a lagoa a nado, que estava indo embora, que fossem embora. Mas não fez isso, Néstor a conteve quando ela ia pondo os pés no chão. E se então tivesse chegado até Bruno, se tivesse dito o que agora está pensando com mais calma, o que o bobo incorrigível teria feito? Que novo desastre sairia dessa cabeça? Talvez adiantasse a história dos sármatas. Quantas tensões sucessivas, diferentes, excessivas para quarenta e oito horas, poucas, mas suficientes para que ela se sinta entrando em outra vida, como quem entra em um quarto, e depois em outro, e mais outro, e sempre seguindo em frente, sem nunca parar. Não é possível continuar cruzando portas e mais portas, consciente de que não se avança, de que a única coisa que permanece intacta é a sensação de erro. E cada quarto é mais repulsivo que o anterior. Deus, é por isso que a alma perde o rumo, se desespera e termina em fuga. Claro que não dá para atribuir o caos do mundo a isso, se é que esse caos é um fato comprovado, e também não dá para pôr a culpa em ninguém, muito menos em Bruno. Ontem, na cabana, quando Néstor entrou, ou depois, quando Cristina e Néstor já davam nojo, antes de chegarem ao paroxismo do desvario, ela tentou explicar isso tudo a Bruno, e o bobo veio com aquela história dos sármatas. Não, não vai voltar ao assunto, não vai insistir, ela não precisa de um réu, nem há nenhuma acusação a julgar. O processo vai ser arquivado. Magda sorri, e continua a sorrir quando vê os outros três se aproximando, e Néstor exibindo um sorriso ressuscitado, de orelha a orelha. Além disso, trazem algumas latas de cerveja. Tudo bem que os três foram espiar o bar da oficina, mas daí a Néstor continuar soltando seus dólares vai uma boa distância. E só pode ser Néstor quem comprou as cervejas, porque Bruno não tem nem um centavo.

— Magda, que é que você tanto olha para lá? Não cansa de ver sempre a mesma lagoa?

E Magda pega uma lata aberta que Néstor lhe oferece, bebe um gole, e só então olha para Cristina e faz que não com a cabeça.

— O meu primeiro. Está escrito aqui. Vocês conhecem a piada do Pepito com o gerente espanhol e o índio Hatuey? Ah, é, eu já contei. Melhor eu ir ver o borracheiro. O meu primeiro, sem disfarce, mais claro do que a água. Bebam à minha saúde.

Néstor se afasta feliz, e Cristina o segue. Entre a contemplação da lagoa e a do borracheiro, ela sem dúvida prefere contemplar o borracheiro.

Bruno também olha para a lagoa.

— Andei pensando na história de Quingo, o desenhista.

— Oh, Magda minha, essa é, de fato, uma história muito elevada que explica como a sabedoria exige um tempo de semeadura, um tempo de cultivo e um tempo de colheita.

— Falando sério, essa história explica a necessidade da espera, talvez até da espera de Deus, ou da iluminação de Deus.

— Oh, sim, concordo. E que por fim há de aparecer a Virgem da Caridade. Quingo aguardou o desígnio divino, também chamado Minuto de Inspiração, ou de Revelação, em que o próprio Deus pinta por meio da mão do pintor.

— Você não toma jeito.

— Magda, meu bem, Quingo fez muitos esboços antes de se exibir desenhando a aranha de um só traço. No terceiro dia já estava pronto para liquidar a encomenda, mas dilatou o prazo ao máximo, e viveu muito confortável e bem servido durante dez anos. No fim, percebeu que não era prudente pedir mais, e então fez o número de circo que todos esperavam, e atendeu plenamente o capricho imperial.

— E que história é essa de atiçar o candeeiro? Ontem você disse algo assim.

— Fazer carícias nas dobras que tenho embaixo da cabeça. É o mais eficaz para endurecer a peça.

— Embaixo? Você se refere à cabeça lá de baixo?

— Cócegas no papo é que não são.

— E como é que eu nunca soube disso?

— Quando estamos só você e eu, esse artifício é desnecessário.

— Ah, seu gozador. Seja como for, chegando em casa, você me mostra esse lugar privilegiado.

— Com muito prazer.

E Bruno olha para ela do jeito que os dois sabem. E Magda bebe, sim. O acordo que acabam de firmar merece um brinde.

— Que terrível. O pneu estava furado. Que sorte.

Cristina entrega a Néstor uma lata de cerveja vazia, sem dúvida para que a jogue no lixo. E Néstor faz isso antes de chegar aonde Bruno e ela estão.

— Do que eu mais vou sentir saudade é da dança. Estou falando da dança com o urso alemão. E a festa acabou na horinha. Acabei de ir ao banheiro, e estou menstruada.

E Cristina ri, como sempre, ela sozinha.

— Quando o borracheiro acabar o serviço, vamos embora, ou compro mais cerveja?

— Meu adorado tormento, você compra mais e vamos embora. Nessa ordem, por favor. Que horas são?

— Ontem vi que não estava funcionando direito, o relógio. Olhem, hoje nem o coloquei.

— Será que nunca na vida este homem vai responder o que eu pergunto? Vocês viram? Deixe estar, eu vou tratar de mudar isso. Quer dizer, se não nos matarmos antes. Quem viver, verá.

E Magda vê Cristina e Néstor sorrirem de um modo tão franco que lhe dá um pouco de vergonha olhar para eles.

ESTA OBRA FOI COMPOSTA PELA HELVÉTICA EDITORIAL EM GARAMOND E IMPRESSA PELA PROL EDITORA GRÁFICA EM OFF-SET SOBRE PAPEL PÓLEN BOLD DA COMPANHIA SUZANO PARA A EDITORA SCHWARCZ EM NOVEMBRO DE 1999.